# DENMA

## THE QUANX
## 12

양영순

네오
카툰

# The Knight

……

지금 장난해?

저희는… 사보이들과만 거래해요.

후우우…

이제 한 군데 남았는데…

글쎄요. 이런 수치의 퀑은…

이런 걸 팔겠다고?

예상보다 빡빡해.

……

흥미롭네요. 마침 약물에 오염된 하이퍼 퀑 사례를 찾고 있었는데…

다만…

아, 그럼…

여기 이 수치들은 우리가 필요한 범위를 넘는 것이에요.

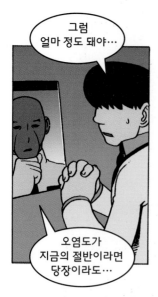

그럼 얼마 정도 돼야…

수치만 맞으면 6개월 안에 언제든 구매할 테니

6개월… 저, 그럼 가격은 얼마나…?

오염도가 지금의 절반이라면 당장이라도…

조건을 맞추든가 아니면 우리가 제시한 수치에 맞는 다른 퀑을 데려오든가…

5천! 더 이상은 안 돼요.

ZZZ…

좌악

!

젠장,
냄새 더 이상
못 견디겠어.

일단 좀
씻자!

틱
틱

6개월이면
요구하는 오염도까지
낮출 수 있어.

놈에게 들어가는
비용을 3백에 맞추면…
4천7백. 좋아.
아주 좋아.

투둑

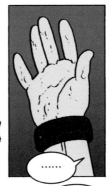

……

좌아아

바로
시작할 거요?

시간이 돈인데
아껴야지.

저… 정말?
날…

응,
군수업체에다
널 못 팔았어.

차차선책이야.

훈련시켜서
백경대에
팔 거야.

시작한다.
뛰어.

7

응? 시작? 뛰라고?

파지직

커헙!

뛰라고.

파지직

뛰라니까.

백경대 들어가야지.

누르지 마! 뛸게! 당장!

어… 어디로 뛰면 되는데?

어디든. 가슴이 터질 때까지 무조건 달려.

아… 알았어!

이게 백경대가 되는 훈련이라는 거지?

그래! 쉽지 않을 거야! 힘내!

부지런히 뛰어라. 4천7백짜리 모르모트야.

8

하악

하악

하악

하악

하악

가슴이…

가슴이 터질 것 같아.

하악

백경대…
반드시 백경대가
돼서…

제발…
엄마랑 동생들
그때까지
무사히…

……

아, 거기서부터
달리려고? 힘 좀
넣어줘?

파
지
직

젠장할!
그만 좀 해!

예고 좀 하고
누르든가!

팅

내 호의를
거절하면 백경대는
물 건너가는 거야.
감사히 받아.

하아아아…

9

종일…

……

아, 이럴 때 약 한 대 꽂으면 정말…

앞으로 6개월 간 여기서 먹고 자고.

그동안 네가 중점을 둬야 하는 건

땀을 실컷 흘리고 물을 아주 많이 마시는 거야.

그 페트병으로 하루 10병…

이봐, 내 말 듣고 있나?

없어… 제기랄!

내 거… 내 거 어딨어?

뭐? 네 거야 그 가방 안에 다 들었지.

아, 설마 너 찾는 게…

탁

내놔! 내 거 내놔!

놔! 어서!

퍽

퍽

퍽

돌려줘! 지금 필요하다고!

11

……

이 두 양반이 우리와 다른 길을 가려 한다고?

예!

두 사람의 통화를 해킹한 결과입니다.

우리랑 떨어져 누구랑 붙겠다고?

패왕에게… 그것도 냉장고를 갖다 바치면서…

워워…

이것들이 완전히 맛이 갔군.

한 놈은 나이 들어서, 또 한 놈은 분수 모르고 나대서 무시했더니…

지금 냉장고가 우리한테 어떤 의미인지 알면서

그걸 패왕에게 바치려고 했단 말이지. 패왕과 경쟁하는 이 마당에…

저기… 주완이라는 큉 딜러가 면담 요청을…

들어오라고 해.

그러니까 이 블랭크들의 자작극이었고…

그것들은 또 누군가에게 당했다? 그게 누군데? 패왕 패거리?

거기까진 아직…
패왕 쪽은 아닌 것
같습니다.

후우우우…

끝났군.

……

공자의 짓이라고는
절대 말 못 해.

이제 뭐 완전히
닭 쫓던 개 돼서
지붕 쳐다보는
꼴이야.

저기… 외람된
말씀입니다만…

궁금증이 있습니다.

냉장고를
가지고 패왕 측과
꼭 그렇게 경쟁
해야만 하는
겁니까?

무슨 소리야?
엄청난 돈이 걸린 문제니
당연한 거잖아.

누가 그걸
뺏기고 싶겠어?

독점욕만 버린다면

오히려
이 상황이 쉽게 해결되지
않겠습니까?

패왕이
주도권을 쥐고
흔들면

우린 찌꺼기나
주워 먹게
될 텐데.

찌꺼기도 찌꺼기
나름 아닌가요? 오히려
이번 기회에 태왕 형제들껜
더 큰 판로가…

거래하는
물건이 약만 있는 건
아니잖습니까?

……

잘도 주제넘는 소리를…

죄송합니다.

하지만 저 같은 바깥 사람이 판단 하기엔…

……

이 두 사람…

자기들보다 앞서 우리가 패왕과 손을 잡게 된다면

어떤 표정을 짓게 될까?

아직 냉장고가 패왕에게 넘어간 게 아니라면

동업에 관해 협상하기엔 더없이 좋은 타이밍이긴 해.

좋아! 당신 오지랖이 쿵 딜러 커리어를 살린 거야.

예? 어쩌시려고…

물리력으로는 냉장고 독점이 어려워. 그럼 패왕과 손을 잡아야지.

그래! 찌꺼기도 찌꺼기 나름이야.

툭

뭐야, 왜 자꾸 떨어져?

타다닥

!

치잇…

공자 그 계집이 손가락에다 뭔가 다른 기술이라도 썼나?

……

이 근처… 였던 것 같은데.

촤아아악

크아앗…!

촤

뭐냐, 넌? 여긴 지나다니면 안 돼.

가… 가우스 님을 뵈러 왔어.

응? 너는…

모크족 녀석들을 따라 여길 떠났던…

나갔으면 잘 지낼 일이지. 왜 다시 기어 들어와?

다시 받아줄 수 없다는 건 잘 알 텐데?

가우스 님!

저희 팀이 모두 한 여자에게 당했습니다.

그래서? 어쩌라고?

그 여자가 누군지 궁금하지 않으세요?

일단 난 그 여자가 누군지 전혀 알고 싶지 않고.

그걸 알리려고 네가 여기까지 기어 왔다면

넌 정말 큰 무례를 범하는 거야.

너희 팀 일은 같은 블랭크 일원으로서 유감이다. 명복을 빌어.

하찮은 일로 내 신경 건들지 마. 가봐.

역시…. 소문대로 공자와의 정면 승부는 피하시네요.

……

ㅈㅈㅈㅈ

허엇!

16

우리가 누구냐고?

그런 건 너희 주인한테나 물어봐.

나가! 당장 꺼지라고!

귀여운 물건. 안녕, 귀요미.

인사도 잘 하고…

우린 모두 큅이야. 함부로 나서지 마.

뭐야, 너흰 어떤 형님의 수하…?

뭐?

…들이십니까?

차… 찬찬히 말씀으로 하시죠. 네네…

하아…

하아…

하아…

하아…

하아…

털썩

파지직

일어나.
네 바이탈 사인
멀쩡하거든.

죽은 시늉은
벌레나 하는 거야.

아…

파지직

일어나,
벌레야.

아직 시작도
안 했어.

더는…

더는 못 해…

아, 백경대 간다며?

좋아, 내 특별히
어렵게 구한 매뉴얼
보내줄 테니까
삭제하지 말고

티릭
전송 중…

팅
전송 완료

왜? 내가 근거 없이
널 학대하는 것 같냐?
훈련 매뉴얼 1장 기초체력
도입부라고! 내 말
못 믿겠어?

잘 보관해.
네 희망 사항과 현실의
갭이 얼마나 큰지
똑똑히 알란 말야.

자, 훈련 목록을 잠시 열어볼까?

보여? 여기 이게 하루 훈련량이야.

그만한 대우에는 그만한 이유가 있는 거야.

쿵 하나가 군대 하나와 맞먹으려면 어떤 노력이 들어가는지…

대우에 솔깃해서 개나 소나 함부로…

약…

약이 필요해…

!

너같이 덤비는 놈들이 이 8우주에 어디 한둘이겠냐고?

그래! 일어나야지. 네가 누워 있는 이 시간에도…

탕 탕 탕 탕

그만둬!

탕 탕 탕 탕 탕

미친놈아! 그거 보기보다 비싼 장비라고!

파 지 지

퍽

약…

……

뒤에 있는
두 친구들은 왜 저래?
살아 있는 거야?

아, 예.
놉의 수하에게
당했습니다.

여자인데
말로만 듣던 콤비네이션
기술이란 걸 쓰는 것
같습니다.

지금 보시는 건
두어 개의 큉 기술이
결합된…

무슨 소린지
모르겠어.

참, 놉이 형님들께
메시지를…

형님들,
저 놉입니다.

뒤늦게 사죄
올립니다. 모든 게
제 잘못된 판단
때문입니다.

모쪼록 노여움 푸시고
결정하신 일이 잘 해결되길
진심으로 바랍니다.

저희 구멍가게들은
제 식솔들 밥줄이니 자비를
바랍니다. 형님들 명성에 누가
되지 않도록 나대지 않고
조용히 살겠습니다.

날짜를 잡아주시면
직접 찾아뵙고 용서를
구하겠습니다.

흥!

토독

이 메시지는
제가 다른 형님들께도
전송했습니다.

티

……

저 친구들은
이제 어떻게 되는
거야?

내일이면
풀린다고 했어요.

24

놉 이 자식이 이런 때를 대비해 신변 경호에 돈을 쏟아 부은 거야. 이 친구들이 당할 정도면.

아, 여자 혼자라고 저희가 잠깐 방심했을 뿐입니다.

그게 자랑이냐? 너희 쿵들에게 방심은 곧 죽음이라며.

팀원들 보충해서 다시 정리하겠습니다.

패왕이 우리와 손을 잡게 되면

놉 일당의 구멍가게들… 놓친 걸 후회하게 될 거야. 빨리 끝내.

슥

?

최고!

뭐야, 새삼스럽게…

공자 님 최고!

……

짐 싸놓을 테니까 저녁 먹기 전에 나가. 그동안 즐거웠어.

아이 참! 방금 무슨 일이 있었는지 들어보란 말이야.

지금 그 여자 쿵 스킬이 중요한 게 아니잖아?

응?

태왕 형제들에게 답장은? 당신 메시지 읽은 건 확인했어?

응, 모두 읽었더라고.
답장은 아직…

답장이
오늘 중으로 온다면
오히려 당신에게
직접적인 위해를 가할
가능성이 높아져.

아무리 그 여자가
싸움을 잘한다고 해도
혼자서 어쩔 거야?

쿵 패거리들이
들이닥치면?응?
그러니…

당장 짐 싸서
나가!

으아아아앙~
자기야!

하아아아…
가속기 최대 출력
입니다만…

공자의 위치…
단서가 될 만한
기억은 없네요.

여기 일대를
가루 단위로 빻아서
재배치했다고나
할까요?

남은 기억이란 걸
찾을 수가 없습니다.

까불지 말고
더 찾아. 단서 못 찾으면
여기다 묻어버린다.

게오르그 센서에
신호가 잡히기도 전에
공자의 손에 네 머리가
들려 있길 원해?

뭐 비가 종일 내리냐? 이래서 작업하겠어?

으차차… 난 먼저 퇴근 할란다.

……

따뜻해…

또르르

!

크으읏!

젠장! 뭐야…

……

쏴아아아

하아아…

이제…

앞으로 어떻게 되는 거지…?

……

젠장할!

배고파죽겠어.

이제 비가 그쳤네.

응?

뭐야…

……

슉

야, 인마!

그거 유통기한 지났단 말이야!

후 다 닥

탈이라도 나면 어쩌려고?

!

기다려! 먹을 것 좀 갖다 줄 테니까!

후우우…

……

약이네.

넌… 약 한 지
얼마나 됐냐?

왜? 네가
약 하는지 어떻게
아냐고?

네 이마에
써 있잖아.

그거 약쟁이
낙인이야.

프하하하…
농담이야. 농담.

이런 농에
넘어가는 걸 보니
심신미약이네.

네 눈과 동작에서
바로 알 수 있어. 선수가
선수를 알아본달까?

실은 나도
약쟁이였거든.

바질. 그게 제 이름이에요.

네… 인사드립니다, 바질 님.

아, 뭔가 공부 중인데 제가 방해를…?

아, 아니에요. 그냥 개인 작업…

개인 작업? ……

글? 소설?

네, 공모전 준비를…

아, 아직 다른 분께 보여드릴 수준은…

잠시만요. 첫 문장이 마음에 들어요.

뭐야, 다짜고짜…

꽤나…

네?

우리 고객 중에 꽤 유명한 편집장이 있는데…

네… 네?

언니, 밀린 약값은 다음 달 보너스 나오면 지불한다니까.

여기 글 좀 봐줘.

누구 건데?

읽어.

31

내 밥상에 숟가락들을 얹겠다고…?

태왕 떨거지들이 본인들 화력으로는 냉장고 찾기가 어려운 게지.

그들 사이에 갈등의 조짐이 있다고 합니다. 이참에…

그래, 녀석들의 시장은 여전히 건재하니까. 내가 거절할 이유가 있나.

놈들의 제안을 수용해.

물론 수익 배분율은 내가 결정한다고 전하고.

틀림없이 하부 조직 라인으로 시작해서

야금야금 내 영역을 먹겠다는 심산이겠지. ㅎㅎㅎ… 귀여운 놈들.

밖에 두 사람 들어오라고 해.

옛썰!

……

수고 많았어. 무엇보다 두 친구의 죽음에 명복을 빌어.

장례는 절차대로 진행하고…

이제 냉장고 찾는 일의 리더 역할은 두 사람이 맡도록 해.

외근 중인 내 경호대를 전부 소환할 거야. 이번엔 실수 없도록.

전부 모일 때까지 여유를 가져.

네, 패왕님!

타

슈 슈

저놈들이 내 물건에 욕심을 냈다고?

예, 공자라는 자의 제자들 입니다.

이래서 내가 엄청난 비자금 써가면서 너희 일진 팀을 따로 둔 거라니까.

외근 팀 소환령 발령했습니다. 이제 곧…

마침 태왕 팀과 이번에 합류하게 됐으니 평의회 간섭은 부담이 줄었다.

원껏 질러. 냉장고 찾는 대로 저 두 놈 치우고.

곯아떨어질 것 같으니까 나중에 깨워.

알았어. 통화라인 켜놓고 자.

이런 젠장… 리더 역할을 내게 맡기다니.

책임 추궁으로 주변 역할만 하면 될 줄 알았는데…

내 속내를 알아차린 걸까?

난감하네. 롯에게 가서 적당히 나눠 먹기 하려 했는데…

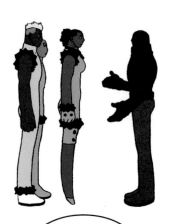

……

어이쿠! 해치지
않아주셔서 몸둘 바를
모르겠네.
참 은혜로세.

이런 건방진!
어디 감히 변방의 떨거지
쿵 놈들이…

단순 떨거지가
아니라 대단히 위험한
녀석들입니다.

리더는
전투 쿵들이 가장
두려워하는 능력을
가졌어요.

뭐야, 그럼
혹시 우리 물건을
노리고…?

천만다행히
블랭크들 간의 문제로
보입니다.

상황을
잘 이용하면
놉의 가게들을 가져
오는 데 도움이…

패왕으로부터의
전언입니다!

태왕 형제들과
동업을 하겠답니다!

오, 그래?
어서 다른 형제들에게
이 사실을 알려!

패왕…
수익배분율로 우릴
찍어 누르려 하겠지?

뜻대로는
안 되지. 가랑비에
네 속옷이 젖게
될 거야.

하아아…

여기도 마찬가지. 기억 읽기로는 한계가 있어요.

빠박

아, 왜 때려요? 최선을 다했는데…

힘내라는 응원이야.

할에게 도움을 구할까요?

그 신경쇠약 인공지능의 성과라곤 최근 공자의 차명계좌를 틀어막은 게 전부야.

……

그래, 모압과 여기에 뭐가 있었는지 물어나 보자.

할 로!

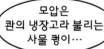

모압은 콴의 냉장고라 불리는 사물 쾅이…

그리고 지금 너희가 있는 곳엔 엘가의 매니저 사옥이 있었어.

두 곳과 공자와의 연관성은?

……

두 군데 모두 직접적인 관련은… 전혀 없어.

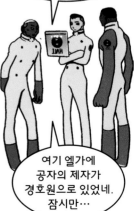

관계 범위를 계속 확장해보면…

여기 엘가에 공자의 제자가 경호원으로 있었네. 잠시만…

이렇게 생겼어. 이름은 롯.

모크족이네.

사물 콩이 놓인 곳과 제자의 직장에

공자의 전사체라…

……

!

내가 공자라면…

은행 계좌가 막힌 걸 발견하고 우리 헬맨들의 추적에 위협을 느낀다.

신변의 안전을 위해 우리가 건드리지 못하도록.

제자의 도움으로 자신의 전사체를 사물 콩 안에 봉인했다!

그렇지!

좋아. 공자 추적은…

백작님!

밖을 좀 내다보세요!

투자금요! 제 몫은 지분의 20%.

이 빨간 놈으로 시작한다!

규오…

이게 전부…

그 개자식 때문이야.

내 손으로… 반드시 놈을 찢어 죽일 거야.

이 상황을 해결하는 유일한 방법은…

백경대…

약을 끊고…

약을…

어떻게 끊어…

엄마랑 동생들…

나 때문에 지금 어디에서 무슨 일을 겪고 있을지…

아… 안 돼…

이대로는 안 돼.

뭐라도…

뭐라도 하라고!

응?

약을 어떻게
끊었냐고?

아, 이 친구야.
약을 어떻게 끊어?
나한텐 불가능해.

……

약은 끊는 게
아니라

참는 거야.

이렇게 얘기하면
너무 절망적인가?

ㅎㅎㅎ…
내 경우는 그렇다는
거야.

좀 더 정확히
얘기하자면

약을 참을 만한
더 큰 기쁨에 마음을
둔달까?

나한테는
지금의 여자 친구가
그래.

약 생각이 날 때마다
그녀를 떠올리면 참을
만하더라고.

어떻게 나 같은
놈한테 그런 환상적인
여친이 생긴 건지…

난 정말 운이 좋은
케이스야.

동시에 많이
불안하기도 해. 만약에
그녀가 날 떠나
버린다면

어쩐지 다시…
엄청 망가질 것
같거든.

뭐… 누구나
그 정도의 불안은 가지고
사는 거니까.

자넨 어때?
가진 것 중에…
마음에 둘 만한 게
있어?

...... 

지금 내게 남은 거라곤

사람들로부터 받은...

더러워!

약쟁이 폐인!

쓰레기 잉여!

구제 불능!

막장 기생충!

살아 있는 게
민폐야!

빨리 죽어버려,
재앙아!

그게 남을 돕는
유일한 길...

온갖 혐오와 저주들...

그리고...

......

근데...
이 가방 안엔 뭘
넣어뒀지?

그 이상한
냉장고 안에서 챙겼던
물건들...

후
두
둑

!

......

툭

수

츠즈즈

잠들자마자 깨우냐?

넌 잠드는 시늉이라도 했지.

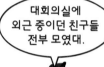

대회의실에 외근 중이던 친구들 전부 모였대.

외근 근무자들은 간만에 보는 것 같네.

!

뭐야…

패왕 경호대 외근 근무자가 이렇게나 많았나…?

다들 한가락 할 분위기야.

......

츠즈즈

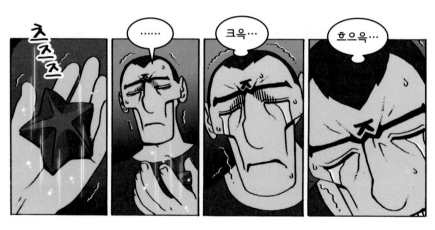

잊고 있나 본데 그런 콤비네이션 기술을 가르친 건 나라고.

까불지 마! 못 빠져나가! 나도 콤비네이션!

받고…

넘겨서…

마무리!

콴 스승님이 널 감싸고 돌 때부터 마음에 안 들었어.

무엇보다 선생님의 예언을 네 멋대로 해석해?

우주 마왕의 목을 치고 8우주의 영웅이 되는 건 네가 아니라 바로 나야!

······

어이! 여긴 사유지야.

허가 없이 그렇게 막 돌아 다니면 안 돼.

신경쇠약의 할… 쓸 만하네.

하하하… 네.

우린 평의회 감찰국 소속이야.

네 스승 공자를 찾고 있어.

······

슈슈슈

무슨 짓이야? 그렇게 코앞으로 순간이동 하면…

네 앞에 서면 입냄새 날 것 같아서.

이봐, 나 지금 몹시 궁금해.

당신들 대체 내가 여기 있는 걸 어떻게 안 거야?

평의회 감찰국 정보망이 어느 정도인데 이런 게 가능해?

내 위치를 알 정도면 스승한테 바로 갈 것이지 나한테는 왜 왔어?

49

오케이?

!

뭐야, 그건…?

겸손해진 네 태도.

츠즈즈

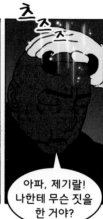

츠즈즈

아파, 제기랄! 나한테 무슨 짓을 한 거야?

겸손이 더 필요한가?

푸둑

사물 쿵… 굉장한 소동이 있었네요.

사물 쿵이라면…

예, 공자가 전사체를 숨겼을 가능성이 있는…

좋아, 한번 열어보자.

본인 말대로
무덤이 됐네.

찍은 사진들은
어떻게 할까요?

블랭크 커뮤니티
게시판에 실수인 척하고
올려.

내 진짜
실력도 모르면서
비아냥거리던 놈들이
볼 수 있게.

가자.
샤워하고 빙수나
먹자고.

하하하… 게시판
오늘 난리 났네.

새로운 퀸의
등장이라고…
보시겠어요?

됐다.
누가 우위에 있는 게
뭐 그리 중요해?

난 그저
고인의 명복을
빌 뿐이야.

목말라.

여기! 밀싹 주스 하나 더!

하, 이것 좀 보세요.

큥 딜러들로부터 러브콜이…

하이에나 같은 놈들…

8우주 최강이 누구인지 설명해줄 땐 콧방귀를 뀌더니…

날 뭘로 보고 개수작들이야?

그럼 심심한데 몸값이 어느 정도나 되는지 테스트해 볼까요?

테스트는 아까 끝났어!

괜찮은 팀워크야.

차원 보호막이 0.1초만 늦었어도 난 여전히 무덤에 있었을 테니…

씻고 전투복으로 갈아입느라 다소 늦었다.

2라운드 시작하기에 적당한 장소로 가지.

행성을 사고도 남을 양…?

염병할! 이걸 법대로 처리하면

우린 고작 유급휴가로 끝인데…

……

이건 어떻게 열어?

콤비…

콤비네이션 기술이 필요해. 내가 열 수 있어. 큉 능력 돌려줘.

되돌려놓으면 순간이동으로 바로 튀려고?

제기랄! 너희 원래 귀족들 경호하는 큉들은 건들지 않는 게 원칙 아냐?

응, 평의회에 평화 분담금을 낼 수 있는 재력을 가진 귀족들에 한해서.

엘가의 자산이 실질적으로 고산가에 넘어갔다는 건 이미 확인됐어.

이봐, 너희가 원하는 건 공자 스승님…

통화 라인 공유할 테니까 애먼 사람 밥그릇 뺏지 말아줘.

지금 전화는 의미 없어. 사물 쾅 안에…

아, 글쎄! 내가 열 수 있다니까!

좋아. 널 컨트롤하는 건 어렵지 않으니까.

준비해.

가늠해서 원래 사이즈 정도로 만들어줄게.

그래, 부탁해.

……

ㅊㅈㅈ.

전사체…

가야가 쓰던 거랑 같은 기술인가?

ㅊㅈ ㅈ

아니지. 크기를 조절하는 건 아니었어.

!

그래, 전사체의 크기를 원래보다 키운 뒤 튀자.

뭐? 날 컨트롤 하는 게 어렵지 않다고?

웃기고 있네.

ㅊ ㅈ ㅈ

ㅊㅈ ㅈ

이 정도면… 됐지?

아, 아니… 좀 더 부탁해. 힘이 들어가질 않아.

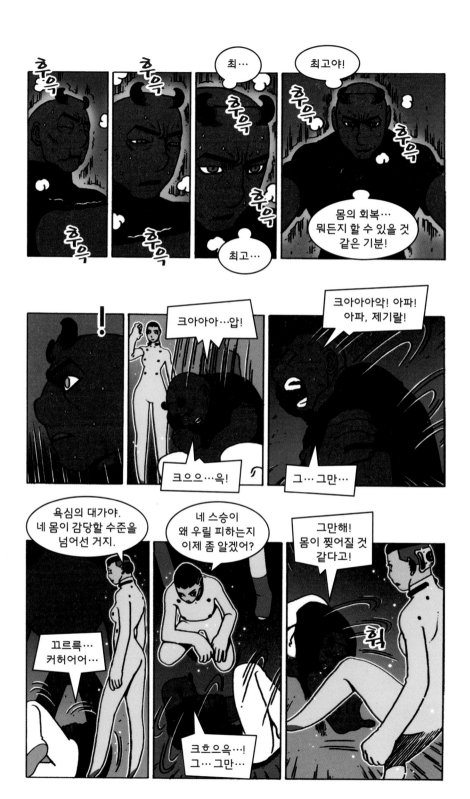

같은 게 아니라 진짜로 찢어져. 갈기갈기.

전사체 키워서 튀려고 했지? 그게 가능할 거라고 생각했어?

그래, 제기랄! 제… 제발… 제발 살려줘!

몸이… 터지겠…!

츠 즈 즈

츠 즈 즈

전사체를 컨트롤한다는 게 무슨 의미인지 모르는군.

털썩

후으으…

일단 한번 전사체 증폭이 일어나면 몸이 찢기거나 적응하거나… 적응의 경우, 6개월 이상이 걸리지.

그동안 네 몸에서 발산되는 강한 펄스는 우주 어디로 튀든 우리한테 전부 신호로 잡혀.

넌 최소한 6개월 이상 우리 손바닥 위에 있는 거라고.

까불지 말고 어서 문 열어.

……

마약이 든 공간은 보여줄 수 없지. 그럼 제일 만만한…

……

게오르그파 방사 확인해.

옛썰!

이것들…

볼일 끝나면 날 어쩌려고…

……

흑체…

방사량 수치로 볼 때 흑체가 봉인된 게 틀림없습니다.

우리 추측이 맞았어요.

터엉

퍽 퍽 퍽

크윽!

여긴…
또 어디냐?

파르테리움이라고
불리던 휴고족의 초고층
타워 중 하나.

글을 쓰기 전
내 악덕들의 아카이브
창고로 쓰였지.

허억!

매머디안…

이 버려진
건물에서 발견되는
시신들은 모두

내게 정식으로
도전했던 자들이야.

여긴
결투장이자
그들의 죽음을
애도하는 일종의
위령탑이랄까?

오늘 이곳에
세 사람이 더해지는 거다.

이런
시건방진…

60

으읏…!

젠장! 벽은 물러나면 되지만 바닥은…?

어쩌긴? 뻔하잖아!

이렇게?

그렇게!

폴짝

폴짝

……

흐… 흑체!

텅

텅

기어 나온다!

키에에에에

!

……

제기랄! 어떻게 된 거야?

컨트롤 출력을 최고로 올렸는데도 크기 조정이 안 먹혀!

텅

텅

텅

일단 밖으로!

발을 딛는 순간을 최소화!

폴짝 폴짝

힘들어! 언제까지…

정신 사납게 할래?

그렇게 쫄리면 저기 부러진 기둥 위로 올라가 있어.

하아아…

땅속으로 숨어든 공자를 상대하는 건 정말 답이 없다고.

이 비겁한 두더지!

숨지 말고 당장 튀어나와!

슝

꽉 꽉

헙!

슝 슝

치잇!

잘도…

정면 승부가 그렇게 겁나?

퍼 억

왹

퍽

터
엉
퍽

슈슉

슈슉

네가 찍은 건
내 몸이 아니라
벽이야.

콤비네이션!

방금
깨달은 건데
말이야.

선배가
콤비네이션 기술을
만들게 된 배경을
알 것 같아.

가진 쿵 기술 중에
뭐 하나 제대로 다룰 줄
아는 게 없던 거야.

그래서
이것저것 섞기
시작했지.

세 사람 시신도
섞어놓을까 봐.

그래,
세포 단위로 분리해서
잘 섞어주마.

텅
텅
텅
슈
슈슉

젠장!
순간이동,
어서!

가요!

안 돼!

도와달라니?
누가 누굴 도와?

내 형제들도
못 돕고 있는
형편인데.

널 도울
여력 있으면
걔들한테 신경
쓰겠다.

난 자넬
잘 알지도 못한다고.
뭘 믿고 도와?
안 그래?

……

낯선 이를
돕는 게 어떤 의민지
난 잘 알아.

어릴 적 동네에
봉사활동에 전념하던
수녀님이 계셨어.

주변인들을
돕는 일로 하루가
모자랐지.

언제부터인가
문 앞에 아이들이
버려지는 거야.

잘 부탁한다는
쪽지조차 없는…

수녀님의
선행이 소문이 나자
이런 식으로
의탁하는

염치없는 인간들이
늘어난 거였어.

부족한 살림에
아이들까지 떠맡게
됐으니

그 고된 삶을
누가 상상이나
하겠어?

그분의 보살핌으로
고교 졸업을 앞두게 된
아이 하나가

충격적인 사건을
일으켰지.

말다툼 끝에 수녀님을 총으로 쏜 거야.

이유가 뭔 줄 알아?

자기 반 친구들은 대학에 가는데

왜 자신은 보내주지 않느냐고.

가난한 살림의 수녀님께는 무리지.

자신이 먹고 입을 거 아껴서 고등학교까지 보내놨더니…

그런 게 사람 마음이라고.

그게 우리 마을 사람들과 내가 얻은 교훈이었어.

널 도우면 넌 나한테 뭘 줄 수 있는데?

그게 총알이 아니라는 보장 있어?

호의로 몇 끼 베풀어줬다고 쓸데없는 기대 같은 건 하지 마.

난 내 인생 하나 짊어지기도 힘들단 말이야. 대신에…

지금처럼 하루 한 끼 정도는 먹여줄 수 있어.

그나마 이것도 조건이 붙어.

어떤…?

복지원 봉사활동에 참여하는 거.

돈이 없어 재활이나 수술을 포기한 사람들.

1주일에 한 번 현장에서 온갖 수발을 다 드는 거야.

행여라도
이런 행동을 하는 날
오해할까 봐서

내가 봉사하는
이유를 알려줄게.

자신이
비참하다고 느끼는
인간이 위로받는

가장 효과적인
방법이 뭔지 알아?

자기보다
더 비참한 인간을
만나는 것.

결코 부정할 수 없지.

넌 네 인생이 꽤
비참하게 느껴지겠지만

그래도 네 의지대로
팔다리는 움직이잖아.

복지원에 가면
네게 남아 있는 복이
뭔지 깨닫게 될걸.

같은 약쟁이로서
거기까진 나눌 마음이
있어.

도움이 필요하다면
여기저기 재활센터에
문의해.

네 의지만 있다면…

내가 복지원을
방문하는 것과
같은 이유로

널 돕겠다는 사람들이
있을 거라고.

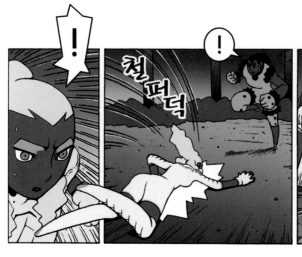

!

철
퍼
덕

!

헛! 뭐야, 이건 중력에 짓눌릴 때의 감각…

이게 느껴진다는 건…

크훗…!

……

순간이동도 안 돼. 설마…

엎어져서 무슨 수작이야?

언니!

뭐… 뭐?

멈칫

가우스 언니, 나 좀 도와줘!

갑자기 웬 언니? 미쳤어? 내가 널 왜 도와?

전사체… 내 전사체 좀 끌어내봐.

8우주 최강답게 부탁 좀 들어줘!

그딴 거 없어도 너 정도는 바로 치울 수 있거든!

이건 언니 자존심에 관한 문제라고!

너희…
두 가지를 잘못
짚었어.

둘째,
내가 더 이상 쿵이
아니라고 해도

뭐?

우선,
공자는 내 친구가 아냐.
스승의 편애로 맛이 간
후배지.

너희에겐
큰일인 거야.

정신이 들려면
시간 좀 걸릴 거다. 난 피지컬
자체가 무기라고!

네놈들은
뒤통수 소켓이 무기인가 보군.
박살 내주마.

키도 작고 못생긴 주제에 냄새나고 시끄럽고 게으른 게 욕심만 많던데.

내 눈엔 그게 있는 그대로의 너야.

키가 안 되면 운동이라도 하든가 못생겼으면 스타일이라도 만들든가

냄새나면 씻고 시끄러우면 입 다물고 욕심이 많으면 그만큼 부지런해야지…

아무것도 안 하면서 사랑받길 원하니 답이 없지.

있는 그대로 좋아하시네. 너 같으면 그런 인간 사랑할 마음 나겠냐?

아, 사랑받지 못하니까 아무것도 하고 싶지 않은 거라고!

아, 아무것도 안 하니까 사랑받지 못하는 거지!

근데 이 자식이… 뭔데? 그렇게 잘난 놈이 왜 나랑 어울려?

네가 나보다 나은 게 있는 줄 알아?

하나 있지. 난 너처럼 사랑 구걸 안 해.

우리가 그런 거 얻으려면 보통 성가신 게 아니거든.

귀찮아. 정말 귀찮다고.

얼마나 산다고… 그렇게 피곤하게 살 필요 뭐 있어?

푸헤헤헤헤…. 그래, 그게 정답이네. 정말 귀찮지.

그러니까… 개소리 말고 술이나 마셔, 등신아!

!

......

염병…

......

아니야! 안 돼!
안 돼!

더 이상 약에
의존해선 안 돼. 얼마나
허무한 짓거린지
잘 알잖아.

......

그… 그래.
마지막으로 딱
한 대만…

어이, 이봐!

!

이리 와서
같이 한잔하지.

그래, 같은
처지끼리…

아, 아니…
난 술 못 해서…
괜찮아요.

아, 누가
술 마시래?

술 말고도
여러가지 있어.
와서 가져가.

79

이거 다 깨끗한 거야.

어서, 이 친구야!

그래, 간만에 약을 하는 거니까 뭔가 마시긴 해야지.

웅? 어여…

혹시 물…도 있어요?

그럼!

꿀꺽

꿀꺽

아, 그러지 말고 좀 앉아.

누가 자넬 해치기라도 한다고 그리 쫄아 있어?

고… 고맙습니다.

고맙긴 우리가 고맙지.

예에…?

!

털썩

휘청

정신은 멀쩡한데 몸은 전혀 자네 마음 같지 않을 거야.

이 친구 거리로 나온 지 얼마 안 된 모양이야. 주는 걸 잘도 받아 마시네. 허허…

80

역시…
내가 뭐랬어?

신발도 안 신은
꼬락서니하고는…
약쟁이가 맞잖아.

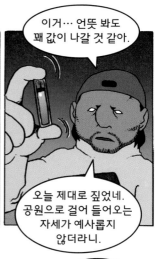

이거… 언뜻 봐도
꽤 값이 나갈 것 같아.

오늘 제대로 짚었네.
공원으로 걸어 들어오는
자세가 예사롭지
않더라니.

달리
돈 될 만한 건?

뭐 딱히…

가방 안
물건들이 일관성도
없고…

그게 전부야.

젊은 놈이
벌써 쾌락이나
쫓고…

이 우주가
어찌 되려고…

이런 녀석들은
우리 같은 어른들이 따끔하게
혼을 내줘야 돼.

그래, 따끔하게
혼내주자고!

8우주 평의회 감찰국,
특무 제3과

뭐?

아뇨. 진위 여부는 좀 더 조사를 해 봐야겠습니다만

공자가 죽어?
샵 팀이 해낸 거야?

블랭크 집단 내 우위 대결의 결과로 보입니다.

블랭크?
역시 짐작대로였구먼.

……

두 사람의 대결이 블랭크들 사이에서 빅이슈여서요.

그것들 안에 숨어 있었어. 그래, 그게 가장 안전하지.

이건 어떻게 발견하게 된 거야?

여기저기 퍼다 나른 걸 캡처해 봤습니다.

가우스…
그래, 콴의 실종 이후 블랭크 패거리들과 어울린다고 들었어.

우선 샵에게 공자의 죽음이 사실인지 확인 하라고 해.

뭐 별일 있으려고?
일시적인 오류겠지.

가장 욕심나는 실험 대상 중의 하나. 공자가 죽었다면 애라도 잡아.

그렇지 않아도…
근데 지금 연결이 끊긴 상태입니다.

옛썰! 연결되는 대로 말씀 전하겠습니다.

이거야 원…

지금 이거 몹시 곤란하잖아!

그러게…

아, 남 일처럼 얘기 말아요! 스승님이 벌인 일이잖아!

그니까. 이제 어쩌면 좋지?

속 터져!

크윽…

계속 자!

빠박

역시… 그냥 전부 묻어버리는 게 좋겠어.

기억의 흔적까지 몽땅…

전사체 크기를 조정하는 게 기본인 놈들이야.

시간이 걸릴 뿐. 결국 쫓기다 붙잡혀 실험실로 끌려가게 된다니까.

그럼, 거래!

거래?

놈들이 필요로 하는 걸 주면 되는 거잖아.

애초에 타깃은 너였어. 널 붙잡아 넘기는 거야.

아하, 이놈들이 나만 잡을 것 같아? 당신도 노릴걸?

아, 뭐 해?
이거 놔!

야, 롯! 너
보고만 있을 거야?

저도
그 터프한 분이랑
같은 생각이에요.

스승님만 희생하면
우린 무사할 것 같아.

아, 선배! 진짜
이럴 거야?

지금 진심으로
이 방법이 먹힐 거라고
생각하는 거야?

......

롯! 이것들이
네 마약 상자에 대해
알고 있지?

예, 아주 골치
아프게 됐어요.

그래, 그럼
그걸로 거래하자!

꿈도 꾸지 마요!
스승님 목숨을 왜
내 물건으로?

그래봐야
이 친구들이 깨어나면
저건 평의회 창고로
들어가게 돼.

전부 잃는 것보단
얼마라도 챙겨야지
않겠어?

안 돼, 제기랄!
스승님, 지금 상황이 그리
단순하지 않거든요?

나 혼자만의
소유가 아니라고!

84

......

너야말로…
평의회 행동대원들한테
이런 방법이 먹힐 것
같아?

그깟 돈 몇 푼으로
움직일 놈들이냐고?

그깟 몇 푼이
아니니까 가능할 거라
믿어.

대체 이 안에
뭐가 얼마나
들었길래?

나한테
남들처럼 욕심이
있었다면…

슉슉

무거워! 아,
그만 싸우고 세팅 좀
도와요!

이 번거로움이
헛수고로 끝나면

탁

그 공무원들
이 안에서 끝냅시다.

!

끄응…
여긴 어디야?

약상자 내부요.

사물 큐 특성상 이 안에서 있었던 일은 읽히지 않죠.

우리 잠시 이야기해요. 드릴 제안이 있어요.

제안? 대충 알겠어. 개수작하지 마.

우릴 멀로 보고? 그런 게 통할 것 같아?

크윽…

빠박

아, 대화 좀 하자고!

……

아, 예…

실례지만 성함이…?

그런 건 알아서 뭐 하게?

……

다들 그냥 샵이라고 불러.

샤… 샤 브리든.

샤…

정말 예쁜 이름이네요.

86

이봐, 이거…
한번 해볼까?

미쳤어?
손대면 그걸로
끝이라고.

……

크크크…

……

약을 하려고
하지 않았으면

놈들이 주는
물을 마실 일도
없었는데…

크크크크…

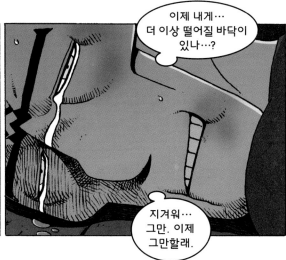

이제 내게…
더 이상 떨어질 바닥이
있나…?

지겨워…
그만. 이제
그만할래.

......

행성 하나를 살 수 있는 돈을 나누면

대륙은 몇 개 가질 수 있겠네.

아니, 아니. 대륙은 이미 찜해놓은 사람들이 있어서.

그냥 섬나라 몇 개 드릴게.

이것들이 지금 평의회 요원을 뭘로 보고…

왜? 돈으로 날 살 수 있을 거라고 생각했어? 그렇게 만만하게 보여?

평의회로 끌려가면 겪게 될 일 잘 알아요.

실험체로 쓰이다 폐기될 운명.

......

그건…

그건 난 모르는 일이야.

전 전사체 증폭 실험체였어요.

회수하면 오류 정정하는 데이터로 쓰일 뿐이죠.

거래하려는 건 샵 님이 아니라

제 목숨이에요.

......

……

몰라, 타인의 사정 같은 거 내 알 바 아니고.

별 탈 없는 은퇴와 평온한 노후가 내 꿈이야.

내 미래가 너희 무뢰배들에게 방해받는 건 있을 수 없어.

난 내 임무를 수행할 뿐이야.

그럼 우리 방식대로 살길 찾아야지!

이것들이 진짜…

아까는 내가 방심했던 것뿐이거든!

그만! 이렇게 합시다.

어차피 타깃은 나잖아!

여기 이 두 사람은 당신들과는 아무런 관련 없으니까 그냥 못 본 척해줘요.

까불지 마!

선배는 빠져!

아, 이런 어정쩡한 타이밍에… 딱히 감동 없거든요?

대신… 시간을 좀 주세요.

시간…?

......

넌 지금 큰 실수를
한 거야.

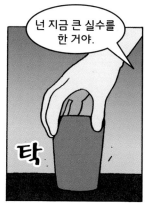

탁

난 꽤 집요하거든.
적당히 구슬릴 수 있는
사람이 아니라고.

조금이라도
다른 의도가 보이면

너희 셋 모두
끌고 갈 거야.

아, 그러지는 맙시다.
대륙 하나 드릴게.

......

뭐야…

본부에서
이런 메시지가…

공자의 죽음을
확인하고

이 마초를
잡아 오라고?

끄응…

아고고… 머리야!

크옥…
아파, 제기랄!

지… 지금 상황이
어떻게 된 거죠?

티

ㅋㅋㅇ

놈들을…
놓친 겁니까?

응, 잠시…

이… 이런…
생쥐들이!

......

젠장…

내가…
뭘 한 거람?

우선 백작님께 인사부터 해요.

제가 이번에 새 주인으로 섬기기로 했는데

마약 상자 공동 소유주예요.

좀 어리어리한 양반이라 적당히 얘기하면

며칠간 유서 정리할 공간은 마련해줄 거야.

잠시 기다려요. 자기소개 짧게 준비하고.

아…

어서 와!

우리도 방금 막 도착해서…

그렇지 않아도 너한테 전화하려던 참이었어.

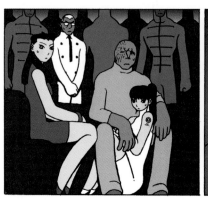

······

내 팬미팅이
오늘인지 몰랐네.

답답하니까
사인 받을 사람들은
밖으로 나와.

슈
숙

당신은 여기 있어.

턱

뭐?
내가 리더인 거
몰라?

자리를 지키는 게
리더의 몫이야.

심부름은
우리가 할게.

끄응… 뭐야?
이 위압감은…

아놔, 이런…

너희는
최소한의 염치도
없냐?

콴의 냉장고가
어떤 근거로 패왕
건데?

선점한 권리
몰라?

선점?
골키퍼 있다고
골…

그게 여기에 쓰일
비유야? 넌 패왕과
말이 잘 통할 것
같다.

안에 인질들이
있는 상황에서 이것들을
어떻게 처리하지?

……

!

스승님,
잠시만요.

그래, 천천히
일 봐!

슈
슈
슉

!

아직 여기 계셨네.

어쩌죠?
저 패거리들이
힘으로라도 약상자를
가져가겠다는데?

당신들
소속이 어디야?

너희는 뭔데?

냉장고 찾았다.

그래,
수고했…

퍽

오케이! 패왕께
보고할게.

!

퍽

약상자는
평의회 감찰국이
압수한다.

이봐,
듣고 있어?

뭐?

평의회 감찰국?

예, 거기 요원들이라며 냉장고를 압수해 가겠다고…

어떻게… 할까요?

평의회라면… 태왕 쪽 친구들에게 맡기지.

먼저 치지 마.

응? 냉장고를 찾았는데 평의회 요원들과 대치 중이라고?

예, 패왕님께서 직접 협력을 당부 하셨습니다.

알겠소. 우리 쪽에서 접근해 보죠.

원만한 해결 부탁드립니다.

아니, 이게 누구야?

아하하… 잘 지냈나?

태왕 형님 소식은 들었어. 비상대기 근무라… 끝내 못 봤군. 그래, 무슨 일이야?

염치 불고하고 고인이 되신 태왕 형님의 이름으로, 부탁할 일이 있네.

모두들… 아주 신났네. 신났어.

대체 이런 사진은 언제 올린 거람?

8우주 최강 가우스 님, 이제 만족하세요?

이죽거리는 네 낯짝을 다시 볼 줄은 몰랐지.

이제 어쩔 거냐?

……

나쁘지 않을 것 같아.

뭐가?

실험체로만 끌려가지 않는다면.

더 이상 쾽이 아니라서 생기는 제약 때문에 당장은 불편 하겠지만

글쓰기에 이보다 더 좋은 조건이 어딨겠어?

선배 덕에 공식적으로는 더 이상 이 세상 사람도 아니고…

속 편한 소리 하고 자빠졌네.

선배는?

어쩌긴? 내 힘을 되찾아야지. 방법을 찾아야겠어. 그리고…

냉장고를 차지할 거야.

콴 스승님이 남긴 유산을 엉뚱한 것들한테 뺏길 수 없어.

97

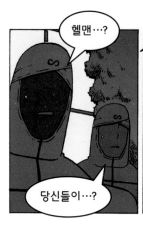

헬맨…?

당신들이…?

소문보단…
분위기 차분하네.

소문 들었으면
어떤 꼴 날지 잘 알겠네.
얼쩡거리지 말고
비켜.

…소문답게
자신감 넘치네.

자신인지
자비인지 바로 알게
해줄까?

진정하셔.
당신들처럼 우리도
임무 중이야.

어떻게 당신들을
대할지 회신을 기다리고
있다고.

당신들과
충돌하고 싶지
않아.

아니야. 아냐.
충돌해야 돼.

그게 왜
너희 의지인 양
얘기하는데?

공무집행방해
말고도, 패왕의 수하라는
사실만으로도 너흰
처벌 대상이야.

뭐? 당장
당신들 패거리
데려오라고?
알았어.

갑자기 넌
뭐라는 거야?

슈슈슈

지금
평의회 요원들이랑
대치 중이야.

지원이 필요하대.
가능한 한 많이.

98

……

행성을 사고도 남을 양? 확실한가?

뉘 앞이라고 농을 건네겠나?

어차피 압수해 가면 창고에 박아둘 것 아닌가.

패왕에게 넘어가면 막대한 이익이 생길 텐데…

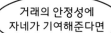

거래의 안정성에 자네가 기여해준다면

거기에 상응하는 대가를 평생 지불하지. 많이 놀랄 거야.

그러니 지금 냉장고를 압수하려는 요원들의 임무를 거둬줄 수…

그건 안 돼.

냉장고의 존재를 알게 된 이상, 내 명령에 의문을 품을 거야.

그리고 이내 개별 수사에 들어가겠지.

물론 임무 도중 우리 요원들이 안타까운 죽음을 맞이하게 된다면 모를까…

이른바 순직… 흔히 일어나는 일이잖아.

헛! 몸이 무거워. 이곳의 중력…?

이… 이게 헬맨들의…

텁

놀란 건 우리도 마찬가지.

전사체가 붉은색인 데다 크기도 상당하던데…

당신들 일반 귀족들에게도 꽤 비싸게 팔렸을 거 아냐.

왜 굳이 위험하게 패왕의 수하로…?

대자본가들의 개로 살면서 민중의 피로 배를 채우는 것보다

놈들의 지갑을 털면서 사는 게 나아.

하! 누가 들으면 의적인 줄 알겠네.

그래봐야 너흰 소탕돼야 할 변방의 치졸한 악당들일 뿐이야.

치잇…! 어떤 반응도 안 일어나.

정말 쿵 능력을 전부 뺏긴 건가?

이제 곧 몰려들 너희 패거리들을 원망해.

우리가 한 번에 상대할 수 있는 한계 때문에 너희부터 손본 거야.

슈슈슈슉

치잇! 뭐야, 너무 많아!

슈슉

일단… 자리를 피해!

터엉

어딜! 인사부터 나눕시다!

샥샥

당장 본부에 지원 요청해!

공격하지 마! 어떻게 해야 할지 회신을 기다리고 있어.

OFF
OFF
OFF

틱

양해 바라, 세 사람.

ㅋㅋㅋ
ㅋㅋㅋ
ㅋㅋㅋ

자네들을 지켜야 하는 범위를 넘어선 제안이라…

연결이… 안 돼요.

저도…

DISCONN

치잇! 그게 무슨 소리야?

우리가 쓰는 건 평의회 비상 라인 이라고! 본부의 책임자가 차단하지 않는 이상

이 우주 어디에서라도 바로…

팅

DISCONNECTED

끄응… 내 것도 마찬가지네.

101

오케이! 얘기 됐대!
저것들 확실하게
치워!

뭐?
얘기가 되다니?

그게
무슨 소리야?

출력
최대로 올려!

이것들 전사체로
대응한다!

엇? 뭐야…
내 거보다 크잖아.

그렇다는 건…

크앗!

아, 뭐야? 엄청 잘난 척하더니

당신들 겨우 쪽 수에 밀리는 수준이었어?

놈들이 곧 여기로 넘어올 거야.

어서! 어서 우리 전사체 좀 키워줘!

내가 왜? 뭘 믿고 그래야 하는데?

뭐?

당신 부하들 몸이 분리되는 거 못 봤어?

당신도 그런 꼴 당하게 될 거라고!

너희 전사체 증폭해놓으면

당신들이 내 몸 분리 안 할 거라는 보장 있어?

!

뭐야, 저놈? 우리 팀은 어디다 두고 혼자 와 있어?

어? 그러게.

103

아, 지금 믿고 못 믿고가 어딨어?

슉슉슉

어이, 왜 자네만 여기 있는 거야? 우리 팀은?

......

!

뭐야, 거기. 그건 평의회 마크…

콱

이 자식!

......

우리한테 무슨 수작을…

나 원, 살다 살다… 백경대 에이스였던 내가

어쩌다 이런 꼴이 된 건지…

콱

이건 내 멱살을 잡은 대가야.

콱콱 콱콱

......

그럼… 멱살 값을 거슬러줄게.

······

어··· 어떻게 내 콤비네이션 기술을 받아친 거야?

콤비 뭐? 네가 지껄이는 게 무슨 소린지는 모르겠다만

찌이익

이게 우리 팀 평균 수준이야.

말도 안 돼. 어떻게 너희 같은 수준의 쿵들이

쿵 시장에 알려지지 않은 건데?

당연히. 알려질 만한 수준이 아니었거든.

쓱

평의회 사람이 있으니 하나 들려줄게.

거기 공학자들이 은퇴하면 아주 교묘하게 살해되는 건 알고 있지?

위험한 기술이 외부로 유출되는 걸 막는 평의회의 자구책이라더군.

평의회 뒤처리의 희박한 생존자들이 지하 클리닉으로 숨어들었어.

우리 강화 쿵은 그들의 성과 중 하나야.

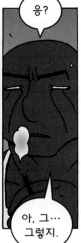

출근 시간…
지나면 먼저 보건소에
가봐.

예.

거리에 너무
오래 머물지 마.

잘 곳이 없으면
그런 더러운 일이
또 생길 거야.

예.

……

에휴…
개 같은 놈들!

어떻게 약쟁이한테
약물을 써서…

풉

파하하하…

……

됐어. 그렇게
옷을 여유 있으면
마음 고생 덜
하겠다.

이참에
호신용 운동이라도
시작하지그래?

아, 약물에 당하면
방법이 없구나.

！

조

아, 혹시 운동 좀
아세요?

웅? 조금…

팅

여기 이거…
감당할 만한 운동이
뭐가 있을까요?

백경대…
훈련 목록?
뭐야…

……

이게
1일 훈련량?

에이,
말도 안 돼.
사람이 기계도
아니고…

이대로
했다간 바로
몸 망가져.

그나마
흉내라도 내보려면
복싱이 제일 근접하지
않을까 싶네.

설마 본인이
하려고?

……

상처를 씻고
거울을 보는데…

거기
낯선 얼굴이
있더라고요.

너무 초라해서
언제 어디서 어떻게
죽더라도

전혀
이상할 게 없는…
아니, 어쩌면 이미 죽어
있는 것 같은.

더 이상 내려갈
바닥이 없다고
느껴지니까

비로소 현실에
두 발을 디딘 기분이
들어요.

결국 누구나
언젠가는 죽는 건데…
벌써 죽어 있을 필요는
없잖아요.

숨 쉬는 동안은
꽉 채워서 살아야겠어요.
해야 할 일도 있고…

……

그런 소리가 입에서
잘도 나오는 걸 보니 앞으로도
바닥을 몇 번 더 치겠군.

그럼 어때. 다들
그러고 사는 거잖아.
허기지면 언제든 와.
밥 줄게.

뭐야, 벌써 퍼졌냐?

퍽

퍽

퍽

퍽

퍽

아직 멀었어.

네 멱살 값 충분히 거슬러 가셔야지!

텅

네 제자의 콤비네이션 방어막이 곧 뚫리겠어.

쟤는 좀 맞아야 돼. 근데…

롯을 패는 놈이라니…

크으읏… 너무 빨라!

대체 뭐야, 저건…?

평의회 기술팀 연구 중 하나…

효용성 때문에 폐기됐다고 들었는데 성공했나 보군.

강화는 증폭 작용과는 전혀 다른 성질이랬어.

그래서 저런 퀑들이 게오르그 필터에 안 잡힌 건가?

염병! 누가 그딴 설명 듣고 싶대?

아, 좀 도와 달라고! 이러다 당신도 죽…

네 걱정이나 해!

퍽

퍽 퍽 퍽

말해! 무슨 꿍꿍이야?

109

너 지금 무슨
짓을 한 거야?

에너지 음료를
한꺼번에 들이킨
것 같지?

보자, 소켓
제어 화면이…

이거…였나?

후윽…

후윽…

뭐야, 온몸에…

기운이 차올라.

몸이 부풀어
오르는 기분…

으… 으응?

크아아아아아…

몸이… 몸이
찢어질 것 같아!

손이 묶여
컨트롤러를
못 만지니까

전사체 증폭에
엄청난 가속도가
붙는 거야.

퍽

퍽

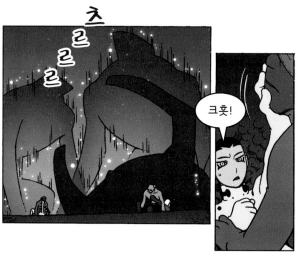

츠
르
르
르

크홋!

증폭기
제어는 너희를 위한
배려였어.

턱

퍽

이런 젠장!
지나치게 커져
버렸다.

후윽...

슈슈

크읏!

털
썩

!

저것들
뭐야?

후윽...

아, 이거로군.

틱
티

슈웅

!

뭐야, 이번엔
소켓까지 꺼졌어.

이건
틀림없이 의도적인
외부 조작…

누가…
왜?

……

이… 이봐!
그만해! 지난번보다는
견딜 만하지만…

당신… 나까지 치울
이유는 없잖아!

내가 더 이상
증폭 제어를 할 수
없다는 걸

이것들이
알아선 안 돼.

우리 전사체…
이전보다 훨씬 더
커졌어.

염병! 이대로
몸이 터지게 놔둘 거야?
어서 당장…

진정들 해. 방금
증폭기는 껐어.

지금 견딜 만하면
생명에 지장은 없다.

슈슈슉

끄다니…?
그게 무슨 소리야?

왜 우리 힘을
키운 상태로
두는 거야?

이봐, 거기
너희!

여러분의 도움이 필요할 것 같아서…

날 돕지 않겠다면 다시 일반인이 될 줄 알아.

아울러 한 가지, 내가 다치거나 죽게 되면

여러분의 쾽 능력은 사라지게 설정해뒀어. 명심해!

저것들이… 야! 사람 말 안 들려?

뭐야, 당신을 도우면 우리한테 뭘 줄 건데?

뭘 주다니? 이미 받았잖아.

여러분의 힘이 이전보다 갑절은 늘어난 게 안 느껴져?

이것들을…!

ㅊ ㅈ

퍽        퍽

하긴 지금 기분 같아선…

나 혼자서 백경대 전체를 쓸어버릴 수 있을 것 같아.

저… 저런!

뭐야, 저것들!

모두 어서…!

슈슈슈

……

……

우리만 두고 전부…

응? 저게 뭐야?

잠깐 기다려요.

여기 식구들 안전을 좀 확인하고 올 테니.

슈슈

백작님!

지금 당장 거처를 옮겨야겠어요. 전기 사용량으로 우리 행방을 추정했더라고요.

어서 모두 제 몸에 손을 얹으세요.

……

다급한 이 마당에 사심은 좀 버리지?

얹을 만한 곳이 마땅치가 않고요.

당신…

예? 아, 당연히…

아까는 왜 날 도우려고 했던 거야?

샵 님은 제게 공모전 참가 기회를 주셨잖아요.

……

흥!

앞으로는 아까 같은 상황에 쓸데없이 끼어들지 말아줘.

자존심 상해. 나 평의회 에이스 중 하나야.

물불 안 가리는 냉정한 일 처리로 유명하다고.

헬맨은 아무나 되는 줄 알아?

잠깐이라도 겪어봤으니 바로 알 것 아냐?

……

그래, 네 턱을 날리면서 바로 알게 됐지.

슉 슉

다녀왔어요!

우리가 찾는 물건이 맞아? 들어 있어?

내부가 다층 공간이라 확인하는 데 시간이 좀 더 필요합니다.

확인되는 대로 바로 연락드리겠습니다.

119

냉장고 문 여느라 고생했어.

지금 열린 데가 우리가 찾는 곳일지는 모르겠지만.

틱

OFF

슈슈 슈슈 슈

!

뭐… 뭐야?

아, 아까 사라졌던 모크족과 헬맨…

뭘 끌고 온 거야?

전사체를 사물 큥 내부에 가두면

증폭으로 생긴 방사선 방출이 평균 이하로 떨어져.

여러분들이 평의회 안테나에 걸릴 일이 없어지는 거지.

슈

반가운 마음에 뛸 거리를 순간이동 해 왔네.

어이, 모크족! 이 떨거지들은 뭐야? 그것들로 우릴 상대할 수 있을 것 같아?

……

붕대 감는 법은…?

예, 대충…

준비해.

쟤…
전에 왔었지?

예, 맞아요.

이번엔 며칠이나
버티려나?

다른 회원들
시선도 있으니
성심성의껏 지도해서
오늘만 나오게
하려고요.

상체는 정면,
어깨 힘 빼고.

그래야
주먹을 효과적으로
뻗을 수 있어.

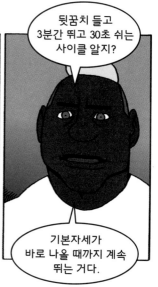

뒷꿈치 들고
3분간 뛰고 30초 쉬는
사이클 알지?

기본자세가
바로 나올 때까지 계속
뛰는 거다.

땡

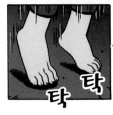

탁 탁 탁 탁 탁

시간…

백경대를 목표로 최단 시간…

훈련과 회복…

시간 확보가 가장 중요한 문제다.

일단 취직도 안 되지만 그런 풀타임 일로는

백경대 훈련 목록을 감당해낼 수 없어.

생계를 유지하는

그나마 현실적인 방법은 주말 막노동과

일을 못구하는 날엔…

아, 총각! 공공장소에서 뭐 하는 거야?

그런 짓은 집에 가서 해. 더럽게…

여기다 이상한 흔적 남기기만 해.

아주 그냥 손목을…

쓱 쓱 쓱

CCTV에 걸리지 않게 탈의실 캐비닛 안을 턴다.

……

이상하네. 분명히 현금으로 13만 원…

왜 10만 원밖에 없지? 누가 훔쳐 갔…

…다면 10만 원을 그냥 뒀을 리가 없잖아.

그래, 내 착각인 모양.

도난신고 당하지 않을 만큼만.

사우나쓰

여러 군데서 이래저래 모아…

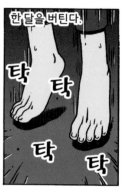

한 달을 버틴다.

탁

탁

탁

탁

엄마… 둘째, 막내야,

후으

후으

제발…

제발 살아있어줘.

후으

후으

후으

후으

잘 봐, 사이즈를!

......

키히잉

그로부터
3년 뒤

6개월 전과는
완전히 달라.

투하악

쿠핫하하하···

어때? 굉장하지?
완전히 뚫렸어!

대단한 성장이야.
6개월 만에···

5초 안에
큐브를 깨뜨리지
않고

홍! 이 까짓것.
바로 시작하지!

어디, 이걸로
테스트를 마무리
해볼까?

안에 든 구슬을
꺼내는 거야.

5

4

3

2

1

땡!

유감이지만 백경대 추천은 어렵겠어.

뭐… 뭐야, 고작 이런 걸로…?

방금 내가 뚫은 터널 안 보여?

!

흥! 관둬! 추천해줄 콩 딜러는 많으니까.

잠시만.

엇!

뭐야, 어딜 함부로 만져?

이런, 어쩐지… 6개월 만에 늘어난 화력이란 게

고작 지하 클리닉의 조작이었던 거야?

아, 요즘은 다들…

충고 하나 할게.

닥쳐! 당신 말 듣고 싶지 않아!

우선 개조 시술은
당신 자신한테 대단히
위험해.

둘째로 주변에도
잠재적으로 큰 위험
이야.

부작용이나
과부하가 발생하면
초대형 사고가
된다고.

아, 어차피
죽는 건 누구나
마찬가지야.

난 당장
한 푼이라도 더 받길
원한다고!

그러다
업무 중에 오류라도
생기면 재계약은
불가능해.

아, 누가 거기까지
바란대? 일단 계약금만
받아도 그게 어딘데?

그건 내 신용이
걸린 문제야. 그런
태도라면 같이
못 해.

웃기고 있네.
날 팔 수 있는 능력도
없는 주제에.

아, 됐어!
같잖은 게 누가 누굴
평가해? 당신보다
실력 있는 딜러들
널려 있어.

시간 낭비야. 간다.
연락하지 마!

슉
슈

앗! 이… 이봐!

후우우우…
빌어먹을!

지하 클리닉 때문에
쿵 시장이 완전히
오염되고 있어.

이봐, 자네 이 바닥에서 몇 년째가?

똥과 된장 정도는 구분할 수 있잖아?

하지만 선배님, 저게 요즘 대세예요.

심지어 어떤 딜러들은 먼저 시술을 권하기도 한다고요.

인위적인 외부 조작으로 콩 능력이 제어나 통제가 안 되면?

고용주까지 위험해져. 그게 누구 책임인데?

그런 일은 확률적으로 시술 안 한 콩이

문제를 일으키는 경우와 별반 차이가 없는걸요.

아, 이 사람이! 왜 이리 말귀를 못 알아들어?

돈독이 올라 전부 미쳐가는군.

됐어! 그런 태도라면 자네와의 거래는 끊겠네.

선배님, 수요자의 요구에 발맞춰 업계는 빠르게 변하고 있습니다.

목표를 위해서는 수단과 방법 같은 거 아무래도 좋다는 분위기라고요.

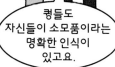

콩들도 자신들이 소모품이라는 명확한 인식이 있고요.

지하 클리닉 시술은 그간 충분히 안정화됐고

보다 강력한 화력을 지닌 콩들을 상대적으로 저렴한 가격에 공급할 수 있게 됐다고요.

다른 딜러들은 훨씬 더 공격적인 거래를 하고 있어요.

변하지 않으면 바로 밀린다고요.

그간 수고 많았네. 잘 지내게.

예?

······

나 좀 데려가.

옛썰!

선배님!

······

건방진 놈! 감히 누구한테 충고질이야?

돈에 눈이 멀어 기본적인 상도덕도 없는 놈들이···

팅

통화 가능하세요?

오, 그래! 무슨 일인가? 훈련은···?

아, 여기서는 쾽 훈련 그만 받으려고요.

뭐? 그게 무슨 소리야?

아무리 생각해봐도 계약 조건이 좀 부당한 것 같아요.

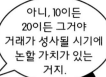

부당이라니? 자네도 동의했잖나?

수익 배분률이 저한테 드는 비용에 비해 터무니 없달까요?

다른 딜러들은 투자하고도 10%만 받겠다는데…

상식적인 수준에서 판단해도 그게 맞고요.

아니, 10이든 20이든 그거야 거래가 성사될 시기에 논할 가치가 있는 거지.

아직 훈련 중인 때에 그걸 가지고…

그러니까요. 거래가 시작되기 전에

찝찝한 부분들 깔끔하게 정리 하려고요.

이봐, 계약서의 사인… 잊은 거야?

아, 세상물정 모르는 심신미약한 저한테 내민 계약서요?

아무튼 그동안 감사했습니다. 끊을게요.

틱

이봐! 이봐…

후으으윽…

팅

푹

맙소사, 이번 달 들어 이게 벌써 몇 명째야?

이 일… 접어야 할 때가 온 건가…?

그래…

지낼 만한가?

패왕님의
보살핌 덕분
입니다.

여부가
있겠습니까?

감사야
내 몫이지.

3년 전,
자네가 냉장고를
내게 넘긴
덕분에

오늘의
공존과 부, 평화를
가져올 수 있었지.

누브레.

이 모든 건
자네의 현명한 판단
결과야.

아닙니다, 패왕님.
은혜를 입은 건 저와
제 식솔들입니다.

냉장고의 물건을
가졌다 한들 제가 어떻게
다룰 수 있었겠습니까?

패왕님의
8우주 라인이 있었기에
현금화가 가능했던
겁니다.

내치지 않고
받아주시고 이익을
나눠주시고

무엇보다
보호해주시고…
이 인연을 얻은 건
천운이었습니다.

……

이상하게
들리겠지만 난 자네의
그 목소리가 좋아.

예?

내 주변에 그런 목소리를 가진 사람은 없었어.

차분하면서 투명하달까…?

자네가 하는 말들은 다시 재해석할 필요가 없어서 좋아.

대부분 의중을 파악하려다 완전히 지쳐버리거든.

그렇게 봐주셔서 감사합니다.

그것이 제 미덕이 될 수 있을런지요?

아니, 그런 태도로는 사업은 힘들어.

남 좋은 일만 시키고 제 몫은 챙기기 어렵지.

자네의 선명한 의도를 지켜줄 사람이 필요해.

늘 내 곁에 붙어 있도록 해. 그게 가장 현명한 거야.

여유 좀 생겼다고 딴생각 말고.

예? 그게 무슨 말씀이신지…?

자네가 말하는 방식 그대로야. 지금의 태도를 유지하란 말이지.

분수를 알고 늘 감사하는 태도.

간혹 내 보호 아래에서 야심을 키우는 놈들이 있거든.

난 누구도 안 키워. 언제 날 밟고 일어날지 모르니까.

내게 오는 놈들의 태반은 내가 꾸려놓은 조직망이 탐이 나 접근하지.

그런 놈들의 공통점이 뭐일 것 같나?

이런저런 핑계로 평의회가 주시하는 수준의 쿵들을 고용해

군대 조직을 만드는 데 열을 올린다는 거야.

여차하면 날 치겠다는 심산. 빈틈을 노리고 있는 거라고.

처음엔 나도 자넬 많이 의심했었어.

그런 물건을 내게 들고 왔으니 더 그랬지.

지난 3년간 자네가 고용하고 있는 쿵 경호원은 고작 셋.

게오르그 필터 검사에 의하면 능력치가 일반 전투 쿵의 평균값도 안 되는…

그동안 자네를 유심히 관찰해왔지만

무력을 키우는 데에는 전혀 관심이 없더군. 별도로 다른 조직을 숨기고 있지도 않고.

오늘로서 내 동료의 자격을 얻은 걸세.

자네 앞으로 영업장을 더 내줄 생각이야.

초심을 유지하게. 그게 오늘 자네를 이곳에 부른 이유야.

가… 감사합니다, 패왕님!

오늘 말씀 명심하고 충성을 다하겠습니다.

이런, 이게 얼마 만이야…?

예, 형님들… 잘 지내시죠?

패왕 형님은 진작에 모셨어야 할 분이었어.

지난 3년간 커진 살림이 태왕 형님 밑에 있던 13년어치보다 훨씬 커.

우리와 끝까지 함께하지 그랬어? 그랬다면 이 풍요를 함께 누렸을 텐데…

듣자 하니 몰락한 귀족 밑으로 들어갔다고?

아, 예. 뭐… 그렇게 됐습니다. 하하…

쯧쯧쯧… 그래도 우린 한때 같은 테이블에서 식사 했었잖아?

지내다 어려운 일 생기면 언제든 찾아와. 날 직접 만나긴 어렵겠지만…

아, 옛정을 생각해 충고 하나 하지.

어떤 계획을 세우든 간에, 자네가 뛸 때

누군가는 날고 있다는 걸 잊지 마. 인연이 있다면 또 보자고.

딸 칵

예, 형님들…

133

……

우라노의
소패왕이었다던
저 친구…

개인 매장까지
직접 찾아가 거래를
튼다고?

예, 자신의
영역 안에 있는 모든
거래 딜러들과

본인이 직접
소통한다더군요. 꽤나
위험을 감수하면서
말입니다.

거기다 장부를
공개하는 거래의 투명성
덕분에

하부 조직원들에게
전폭적인 신뢰를 얻고
있답니다.

돈보다는
사람을 얻겠다…
는 건가?

거느린
부하들의 신상이
어떻다고?

예, 잘 아시다시피
우선 경호원의 경우는

백경대
출신이라는 소문의
모크족 하나와

죽은 공자라는
쾽을 흠모해 그녀를
흉내 내며

틈틈이
글을 쓴다는 쾽,

꿀꺽

꿀꺽

아, 불쾌해! 꺼져!

당신들 침 넘기는 소리 정말 짜증 난다고!

그러지 말고 공유 좀 해주세요!

안 돼! 지난번 무단유출로 매출에 지장 있었어! 당신들 안 믿어.

진짜 너무해!

지금 이 분위기로 마무리된다면 이번 작품도 꽤 반응 있겠는걸.

대체 공자 작가님은 어떻게 이런 묘사들이 가능한 거죠?

경험담인가?

거 왜 남의 사생활 영역까지 궁금해하고 그래?

우린 맛나는 글만 넘겨받으면 되는 거라고!

전에 잠깐… 지금 연인이 소재라는 얘긴 했었지.

우와, 굉장해! 그 연인분 한번 만나 보고 싶어요!

……

슈슈슉

!

피곤하군.
수고했어, 두 사람도
쉬도록 해.

네, 그럼…

패왕과 나눈
대화는 내일 아침에
얘기하지.

예, 어르신. 아침에
뵙겠습니다.

뭐야, 바로
귀가한다더니?

아, 심부름 땜에
잠시 마트에 좀
들렀어.

품절이라
다른 상표로
사 왔어요.

가우스 님,
여기…

음란마귀님은요?

열작 중이야.

책도 들어 있어요.

응?

어르신이
음란마귀님 책에
사인받겠다고 서점에
들렀거든요.

137

어르신이?

아, 이거 어쩐지···
부끄러운걸.

응, 스승님 야설을
최근에 읽기 시작했는데
완전 팬이 되셨다고.

역시 경험담을 쓰고
있었던 거로구먼.

낼 아침 조회 때
전해드릴 거니까
사인 바로 하라고
전해요.

응, 고마워.

쳇! 뭐야, 이게···

뭐가?

너 나한테 뭐랬어?
우주 최강, 네 개의 방패
어쩌고 했잖아.

언제까지
생리대 심부름
해야 하는데?

언제
팀이 완성돼서 거드름
피울 수 있는 거냐고?

대체 나머지
한 놈은 언제 합류
한다는 거야?

한 놈이 아니라
두 사람이야.

둘? 넷이라며?

응, 방패 역할을
할 사람은 지금 이곳에
두 사람···

앞으로 두 사람이
더 들어올 거야.

138

......

이곳에 둘?
나, 가우스 누님, 음란마귀…
이렇게 셋 아니었어?

혹시 우리 셋 중
누가 죽기라도 해?

아앗! 너 혹시
내 꿈…?

아니, 아니.
누가 죽는 문제는
아니고…

내가 말할 수 있는
범위 내에선

셋 중 한 사람은
한 발짝 물러나 네 사람을
가끔 돕게 될 거야.

......

그래, 그 역할을
누가 맡게 될지 알 것
같다.

그럼 나머지 둘은
언제 등장해?

2, 3년 내로…

설마 그중에 나보다
센 놈은 없겠지?

이 와중에
그게 중요한 거냐?
하여간…

꿈의 이미지를
단정적으로 얘기하는 건
꽤나 경솔한 태도지만

하이퍼 쿵이
먼저 들어올 거야.

뭐? 하이퍼가
먼저 들어오다니?

그럼…
마지막 놈은
하이퍼가 아니란
말야?

저기… 주완 님?

왜?

주완 님을 뵙겠다는 컹이 밖에서…

아니, 지금은 그럴 기분이 아니야. 내일 오라고 해.

그렇게 얘기했는데…

빌렸던 돈 3천 12만 원을 가져왔다고…

3천 12…? 그게 무슨 소리야?

기억하실 거라던데요?

백경대에 지원하겠답니다.

……

이거야 원…

알았어. 들여보내.

……

우리가… 직접 만났던 적이 있다고?

예, 두어 번…

이걸로…

예?

바로 훈련소로 가지.

슈슉

아, 예.

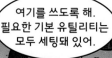

여기를 쓰도록 해. 필요한 기본 유틸리티는 모두 세팅돼 있어.

궁금증이나 필요한 것들이 있으면 언제든 책상 위 번호로 전화하고.

이곳엔… 모두 몇 명이나 있나요?

주말이라 대부분 외출 중인데 머지 않아 텅 비게 될 것 같아.

예?

슈슉

어디 보자…

…열에다 열… 모두 스무 개로군.

이걸 자네 방 책상 위에 올려놓게.

그게…

자네가 2년 반 동안 쓰지 않았던 거야.

황금 이슬이라고 요즘 가장 잘나가는 최신품이라더군.

매일 아침 확인해 퇴소 여부를 결정하겠네. 그럼…

약쟁이인가 보네요. 왜 저런 녀석을 받아 주신 거예요?

내 업무실까지 찾아온 걸 보면 꽤나 집요한 녀석이야.

피하면 사람 귀찮게 할 거라고.

스스로 단념하게 만드는 게 가장 덜 번거로워.

딜러 일은 조만간 정리할까 해.

예?

중간에서 이리저리 장난치는 놈들 때문에 더 이상 못 해먹겠어.

너무 걱정 마. 자네 생계는 책임질 테니까.

오늘은 만사 제쳐두고 온전히 같이 즐기자고.

그럼… 저 약 친구는?

뭐…

내일 아침에 가보면 약 들고 튀었을 거야.

2년 반 참았으니 미치도록 땡길 거야. 그게 약쟁이야.

한번 약쟁이는 끝까지 벗어나지 못해.

147

아, 그럼…

다음 단계로 넘어가야지.

공개 라인에 확인된 인원만으로도 500명은 넘습니다.

우리 부매니저로 일하다가 고산의 재정비로 쫓겨난 친구들이 얼마나 되지?

고산가의 낙인으로 제대로 된 일자리도 얻지 못하고…

패왕이 영업장을 더 대준다고 하니

그 인력들을 전부 끌어모을 수 있는 분명한 명분이 생겼어. 물론 그들이 이 일에 동참한다는 전제하에.

하지만 갑자기 사람이 크게 늘면

패왕의 감시가 본격화되지 않을까요?

아니. 그가 보장한 영업장 확장에 적절한 인원이야.

물론 채용 과정은 패왕에게 공개해야지.

이후, 각 영업장 입출금 내역을 실시간으로 오픈해서

그가 우려하는… 우리가 야심을 품을 만한

가능성이 낮다는 걸 확신하게 만드는 거야.

동시에 패왕에게서 공급받는 약을 가지고

그의 구역장들이 유통 과정에서 얼마나 장난질 치는지 명료하게 드러나겠지.

같은 양을 공급하고 전혀 다른 대가를 받게 되니까.

그건 너무 위험한 상황 아닌가요?

어르신의 조치로 인해 그들은 패왕에게 추궁을 당할 텐데요.

자신들의 야합이 들통나 수익이 줄면

그들이 어르신을 가만히 둘 리 없습니다.

그건 롯, 공자, 가우스 세 사람이 숨기고 있는 화력으로

커버될 수 있는 범주의 얘기가 아니잖아요.

물론 그들에게 직간접적인 테러를 당하기 전에

자작극으로 먼저 수를 써야지.

영업장에 발생한 테러에 대해 패왕에게 경호 요청을 할 거야.

그럼 기다렸다는 듯 자기 퀑 부대의 일부를 우리에게 파견하겠지.

그나마 얼마 있던 영업 이익까지 경호 분담금으로 우리가 지출하게 되면

패왕은 우릴 완전히 장악했다고 믿을 거야.

경호원들의 충성심을 내게로 돌리는 건 그리 어려운 일이 아니니까

이것이 패왕의 시선 아래에서 내가 퀑 부대를 가질 수 있는 가장 안전한 방법이야.

동시에 내게 독을 품은 구역장들…

어쩌시게요? 그들이 대화하려 할까요?

줄어든 수익을 몇십 배로 보장해 줘야지.

패왕은 내가 약의 극히 일부만 챙기고 냉장고와 함께 모든 것을 넘겼다고 알고 있지만

실은 패왕이 쥐고 있는 약이란 건 내가 숨겨둔 것의 극히 일부잖아.

아무리 약을 성분 분석으로 합성해 낸다 해도 한참을 못 미쳐.

패왕의 장부와는 상관없는 별개의 거래를 시작할 거야.

구역 자율권 영역 내에서 패왕이 공급하는 10분의 1 가격으로.

맙소사, 패왕의 유통망 위에 얹혀서요?

바로 패왕의 귀에 들어갈 텐데 그게 가능할까요?

패왕은 구역장들의 불만을 어떻게든 누그러 뜨려야 해.

그러면서도 자신의 늘어난 수익엔 변동이 없길 바랄 거야.

그 간극을 채우는 방법이 바로 내가 가진 약이지.

그걸로 구역장들의 기존 이익의 일부를 메꾸겠다고 하면 돼.

패왕의 수익에 못 미치는 극소량만을 유통하겠다는 조건을 붙여서.

이 계획의 핵심은 내가 가진 약의 양을 구역장들이 알게 되는 거야.

그럼 구역장들은 다음과 같은 공감대가 생기겠지.

패왕만 없으면 10배는 더 벌 수 있는데…

구역장들로부터 그를 고립시켜서

그렇게 1년 안에 패왕을 쳐낸다.

......

평소보다 늦으시네.

어제 면담이 많이 힘드셨나…?

탁

......

회의 전 회의… 기밀 보호를 위해

사물 큥 내부에서 나누는 이야기들은 매번 놀랍다.

미래에 대해 한 마디도 할 수 없다는 데바람…

그녀를 회의에 참석시킨 이후, 어르신 목소리에 자신감이 넘친달까?

그녀가 어르신의 판단에 뭔가 사인을 주나?

아니야. 이른바 천기누설로 인과율이 꼬이는 짓을 할 리는 없지.

앞으로 1년…? 당신의 계획을 지나치게 확신하는 것 같아 불안하다.

패왕과 그 수하들이 어르신 의도대로 움직인다는 보장이 어딨냐고?

아… 하즈 님이 살아 계셨다면

오늘 이야기에 뭐라 답변하셨을까?

늦잠 잤습니다.
죄송합니다.

별말씀을요.
좋은 아침입니다.

회의 시작은
늦었지만 아침 식사
시간은 맞춰야죠.

간단히 말씀
나누시죠.

어제 패왕님께서
저희에게 영업장 확장을
결정하셨습니다.

오…그거
잘된 일이군요.

패왕님 은혜에
감사할 뿐입니다.

새로 약속받은
영업장은 약 400여 개가
넘을 것 같습니다.

이제
제가 직접 관리하는 건
무립니다.

새로 관리자들을
구해야 할 것 같은데
말이죠. 어떤 방식으로
뽑아야…?

자네 파트너
정말 재밌는 친구
였어.

하하하…
그런 친구는 또
처음이네요.

팅
ㅡ ㅣ

주완 님!
어제 그 친구가
훈련소에서
연락을…

아침 식사는
어디에서 해야
하냐는데요.

뭐? 아, 약에서
깨니까 허기지는
모양이군.

저 방금 식사 끝났는데요.

바로 퇴소시키고 오겠습니다.

그래, 다소 번거롭겠지만 그렇게 해주게.

슈슈슉

예, 그럼…

조르륵

후으으으…

탁

막상 딜러 일 그만두려니까 이래저래 걱정이 많아지네.

우선 귀족들을 찾아다니면서…

팅

저기…

약이 스무 개… 그대로 있는데요.

뭐?

……

153

......
ㅊ
ㅈ
ㅈ

탁

......

......
ㅊ
ㅈ
ㅈ

맛있네요.

......

주말은 주방장 휴일이야.

오늘 점심, 저녁은 사온 도시락으로 때우게.

탁

주말 식사는 원래 여기서 따로 제공 안 해. 앞으로는 개인적으로 해결하는 거야.

예.

아마 저녁부터는 훈련생 몇이 복귀할 거야.

아, 우리 소지품 검사 안 했었지?

내 행동에 양해 바라.

다양한 친구들이 모이니까 혹시 모를 경우를 대비해

소지 금지 물품이 있는지 확인하려는 거야.

이거다.

이게… 뭔가?

……

그건…

신년 트리 장식이에요.

가족 모두 함께 있던 시절…

모두 건강했고 웃는 일이 많았어요.

오늘보다 즐거운 내일,

되고 싶은 무언가를 이제 막 꿈꾸기 시작했고

그리고 그 모든 것이 가능했던 때요.

그 별은 제게 남아 있는…

따뜻한 기억입니다.

……

다시… 모든 걸 그때로 되돌리고 싶어요.

기억이 나. 하이퍼들을 찾아 다니던 때 자넬 처음 만났지.

그거… 기억 읽기랬지?

……

절대 말할 수 없다던 퀑 능력…

그걸 왜 숨기려 했는지도 짐작이 가.

본인이 저주를 받았다고 생각했을 거야.

한 번씩은 겪게 되는 대혼란.

공교롭게도 숨기고 싶었던 그 능력이

……

그 능력을 가진 퀑이라면 누구나

지난 2년 반 동안 자넬 지켜왔군.

저주였어요.

말할 수 없었죠. 누구라도 제 능력을 알게 되면

하지만 결국…

저를 약물중독이라는 바닥까지 끌고 갔으니까.

자신들의 악덕이 드러날까 봐 더 이상 절 상대하지 않았거든요.

완전히 고립돼버렸어요.

157

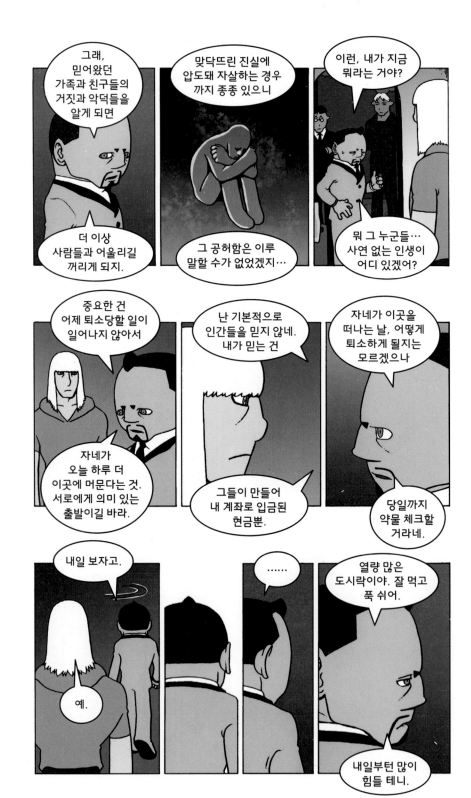

결국 거두시는
겁니까?

거두긴.
어제 약을 안 해서
오늘 하루 더 있는 것
뿐이라니까.

정말 약에서
손 뗀 거라면…?

글쎄…
며칠이나 가려나?
약에 빠진 쿵들
대부분은

죽는 순간까지
헤어나오지 못해.

같은 약물에
일반인들보다 훨씬 더
강한 자극을 받거든.

우리 입장에서
보면 겨우 어제 하루
견뎌낸 거야.

훈련이
힘들어지면
결국…

……

그런데
만일…

정말 만일의
경우…

중독에서 온전히
벗어난 거라면

전에 없던 종류의
전투 쿵이 탄생할지도
모르겠어.

중독됐던
마약의 유혹에서
자기 마음을 다스릴 수
있는 자라면

도달하지 못할
영역이 어딨겠나?

159

후우우…
또…

오늘 누브레 님
방문 약속이 있다고

지난주부터 그렇게
말씀드렸건만…

속

우려했던 대로
결국 이게 주인님의
발목을 잡는군.

……

이토 님, 오늘
일정은…?

나 혼자라도
다녀와야지. 세 번이나
약속을 번복할 수는
없어.

깨셔서 날 찾거든
오늘 업무를 끝으로

거기에 뭐라
대꾸가 있으시면

쓰시는 약 때문에
일에 지장 생기면

난 단지
지난번 주인님과의
약속을 지키는 것
뿐이라고 해.

여기 일은 그만둔다고
말씀드려.

일 그만
두겠다고 한 것에
동의하셨거든.

이토 님, 정말 그만두시려고요?

물론이지. 약물 따위에 휘둘리는 인간… 질색이야.

많이 안타깝네.

주인님이 가진 모든 가능성들이 고작 그런 것에 뭉개지는 상황이라니…

그만두시면 앞으로 어쩌시려고요?

당분간은 원래 하던 일을 해볼까 해.

쿵 딜러 일… 말씀인가요?

응, 요즘 쿵 시장의 요동에 잠시 몸을 맡겨 몇 푼 챙기려고.

아, 그러다 다른 귀족들의 눈에 띄시려는…?

그게 본심이야.

어쩌다 이렇게 제대로 된 인사도 없이

주인님을 떠나게 됐지만…

정말 감사해. 잠시나마 내 뜻대로 움직이는

작은 세상을 경험했으니까.

ㅎㅎㅎㅎ… 내 꼬락서니 하고는.

내가 무슨 자격으로 주인님의 약물중독에 뭐라 하는 건지…

정작 나 자신은 더 큰 위험에 노출 됐으면서.

예? 그게 무슨 말씀이신지…?

권력…

성이나 마약보다 헤어나기 힘들다는 그 힘을 경험 했거든.

귀족의 힘을 빌려 내 말 한마디로 누군가의 생사를 결정하지.

그 절대 권한에 중독돼 다른 주인을 찾으려 하잖아. 정말 웃기는 놈이야.

이 모든 게 주인님이었으니 가능했지.

일반 귀족들이 나같은 우주 천민 일족을 거들떠나 봤겠어?

주인님을 떠나게 되는 건 결국

주제도 모르고 오만방자해진 내 마음 때문이네.

쯧쯧쯧… 어느새 그분을 내 허수아비 정도로 생각하고 있었던 모양이야.

ㅎㅎㅎ… 솔직히 말해 지금

주인을 통해 얻은 이 기회를

주인 때문에 잃게 돼 몹시 분해. 그뿐이야.

하아
하아

슈슈슈

응? 뭐야, 저 친구?

주말에… 신입인가?

뭐 이제 아무 상관 없지만…

동네 분위기 모르고 왔나…

일단 짐 싸서 퇴소하자. 우리 입장 표명은…

어? 정말 나가려고?

뭐야, 인마. 주말 내내 서로 나눈 얘기가 뭔데?

우리랑 같은 생각 아니었어?

……

이거야 원… 그렇게 얘기했건만. 우리만 늑장 부리는 거라고.

남들 5%, 10% 소개료 낼 때 우리만 30% 내는 거라니까.

이런 불공정 거래가 어딨어? 주완이 아저씨가 우릴 호구 취급하는 거야.

이건 우리가 목숨 걸고 하는 일에 대한 대가야.

30%나 떼가면서 우리가 난처해지면 도와줄 거냐고? 그거 아니거든.

......

본인 나이를
말하는 건 아닐 테고

팅

스무 바퀴라도
채우려는 건가?

아! 선배…

어때, 난민?
지낼 만해?

응, 뭐 그럭저럭…
선배는?

근질근질해
미치겠다. 너 백경대
지원은 했냐?

아, 그게 아직…
뽑는 방법이 바뀔
거라네.

딜러 추천제에서
경합 선발제… 라나?

뭐야, 그게?

더 치열해지고
어려워졌다는 것
같아. 그 때문인지
지하 시술이
붐이야.

그거 잘됐다.
떨어지면 나한테
바로 연락해.

여기 조만간
충원 계획이 있을 것
같으니까.

······

이거…
약속보다 일찍 와서
폐를 끼치네요.

별말씀을요.
어르신께선 선약이
끝나는 대로 바로
뵙겠답니다.

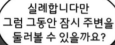

실례합니다만
그럼 그동안 잠시 주변을
둘러볼 수 있을까요?

물론입니다.
왜 안 되겠습니까?

네? 그럼
후작님은…?

예, 결국
약에서 손을
못 떼시네요.

상품에 손대면
안 된다는 이 사업의
제1원칙을 지키지
못했습니다.

누브레 님이
주신 비즈니스 기회를
주인께선…

그럼…

어? 냥이다.

귀여워!

빨간색…
너무 이쁘다.

앗, 거긴…

인마, 이리 와!

위험해!

……

선배야말로 왜 그런 곳에…? 선배라면 충분히…

말하면 길어져. 하여간 난 얘기했다. 잘 기억해둬.

팅 팅 팅

응?

이 녀석…

슈슈

아, 손님들… 손님들이에요, 누나.

덕

뭐냐, 이 성의 없는 조형은?

빨간 냥이라니… 징그러!

……

이거야 원…

틱

가우스 선배는 어쩌다 몰락한 귀족의 수하가 된 거람?

한때 블랭크들의 수장이 될 뻔했던 사람인데…

스물…!

……

하아

하아

이봐, 흰머리! 다 돌았나? 신입이지?

……예.

반가워. 난 우루사라고 해.

여기 온 지는 3년 정도 됐어.

예, 저는 지로… 라고 합니다. 어제 왔어요.

괜찮다면… 차 한 잔 어때?

……

저런…

부디 가족들을 꼭 찾길 바라.

그래, 이곳엔 온갖 사연들이 모여들지.

그러고 보면 지난 3년간… 분위기 참 많이 바뀌었어.

그땐 여기 들어오는 게 정말 쉽지 않았거든. 경쟁이 엄청났다고.

자네처럼 들어오는 경우는 상상조차 할 수 없었어.

일단 이곳에 들어오면 평균 이상의 귀족들에게 고용이 보장돼 있었거든.

훈련소 숙소 하나를 대여섯 명이 같이 썼다니까.

그게 불과 3년 전. 지금은…

아마도 조만간 이곳엔 자네와 나만 남지 않을까 싶어.

……

모두들 소개료가 더 싼 딜러들에게 넘어가고 있거든.

자네도 그럴지 모르지. 그래, 어딜 지원 하려고…?

백경대요.

이런, 내가 뻔한 걸 물었네.

그래, 모든 전투 큉 훈련생들의 목표지.

부와 노후 보장, 명예까지 얻으니…

처음엔 누구나 백경대원의 꿈을 가지고 이곳에 와.

훈련이 쌓이면서 개인 간 격차는 점점 더 벌어지고

거기에 따라 각자 꿈의 모양도 변하더라고.

내가 100미터를 순간이동 하게 되는 사이에

행성 간 이동이 가능해진 친구가 옆에 있다면 어떤 기분이 들겠나?

처음 출발은 모두 비슷해 보이지만

어느새 하나둘 치고 나가면서…

결국 꿈에 이르는 놈은 단 하나.

백경대원이 된 이곳 선배에게 물었어.

뭘 더 한 게 아니야.

그냥 여기 입소해서 첫 훈련을 시작했을 때의 그 마음…

경쟁에서 남들보다 잘하기 위해서 무얼 더 했는지.

내가 앞으로 치고 나간 게 아니라고.

그걸 끝까지 기억하려고 했을 뿐이야. 그게 전부야.

옆 사람의 잘난 모습에 시선을 뺏기지 않고 그냥 제자리를 지키고 있었더니

어느 날부터인가 하나둘 떨어져 나가 결국 자신만 남더라는 거야.

……

멀 봐, 인마!

들어오세요, 이토 님.

반려동물은 제게 맡기시고…

모크족 냥인가…?

……

어서 오세요, 이토 선생.

……

츠 즈 즈

츠 즈 즈

……

그래, 무슨 이야기를…?

패왕을…

치실 겁니까?

엘 백작님.

!

컥!

패왕은 모르겠고 널 치실 마음은 바로 생기셨을 듯.

……

이토 선생, 정말 무례하기 짝이 없군요. 무얼 근거로 그런 말씀을 하십니까?

사실 처음부터 이상했습니다. 왜 아무도 의심하지 않는지…

패왕에게 약상자를 넘기고 그의 수하가 되셨잖습니까?

상자의 속성을 안다면 그 안에 얼마나 들어 있는지에만 신경 쓸 게 아니라

얼마가 남아 있는 것은 아닐까도 생각해 봐야 한단 말이죠.

하지만 모두들 상자가 패왕에게 넘어간 사실에만 관심을 가질 뿐이었어요.

가우스 씨가 가뭄 때문이라고 했지만

그 수종들은 선인장보다 강해요. 물을 찾는 뿌리가 끝까지 갑니다.

무엇보다 지난 10년간 가뭄은 없었거든요.

그것들이 심어진 땅의 흙들은 토목건설 업계에선 아주 환영받는 상품인 건 상식이고요.

그 엄청난 양의 흙이 무엇으로 대체 되었을지 잠시 상상해 보았습니다.

저는 한때 쿵 딜러로 일했습니다.

업계의 다른 친구들은 모르는 개인적인 노하우도 있죠.

제 동물 쿵이 그러한데

주변 조건이나 사물 쿵에 영향을 받는 게오르그 필터보다 정확합니다.

전투력이 털색으로 반영돼 보이거든요.

공자, 가우스, 롯 세 사람 모두 붉게 보인다는데

이건 백작님이 군단을 가지고 계시다는 의미 입니다. 이걸 모르셨을 리 없고요.

이 두 가지 이유와 잠재적 가능성만으로 섣부른 판단을 내려 보았습니다.

패왕의 유통망이 필요하셨던 거죠?

질문을 바꿔 다시 여쭙겠습니다.

패왕을… 언제 치실 겁니까?

롯!

숙

예.

패왕 이외에 이렇게까지 내게

관심을 갖는 사람이 또 있을 줄은 몰랐네.

턱

그런 오지랖이 자기 목 죄는 걸 잘 알 텐데…

밖에다 어떤 안전 장치를 하고 왔길래 그렇게 거침없이 묻는 건가?

제 호기심이나 질문은 누구와도 공유한 적 없습니다.

백작님과 거래를 하려는 게 아닙니다. 절 거두어주십쇼.

두 가지 전제만으로 그런 엉터리 추측을 하는 인간을 어떻게 믿고?

내게 사과하고 그만 돌아가게.

제게 기회를 주십시오. 그동안 저는 제 인생을 걸 만한

새 주인을 찾고 있었습니다.

사람 잘못 봤군. 난 내 인생 하나로도 벅차.

자네를 담을 만한 그릇을 찾게.

백작님, 고산을 잡으려면

고산이 타깃이 돼선 안 됩니다.

……

178

정말 건방진 놈이로군.

롯, 바로 치워버려.

평의회…

패왕을 발판으로 고산이 아니라

먼저 평의회를 삼켜야 합니다.

그것은 어처구니없을 만큼 쉬운 일이죠.

슥

잠깐!

어떤 계획을 가지고 계시든

그 기간을 절반으로 줄이겠습니다.

……

6개월 만에 패왕을 잡겠다고?

예?

……

아, 저기…

딱… 1년만 주시면 안 될까요?

3명 남았다고?

예, 오늘 아침까지 2명이 더 추가로 퇴소했습니다.

누가 남았나?

여기 세 사람…

……

좋아, 내일부터 훈련은 내가 직접 지도할게.

예? 직접요?

당장 퇴소하라는 간접 메시지를 직접 전달해야겠어.

딜러 일 마무리를 서두르려고. 시간 흘러봐야…

앞으로 1주일 이내에

세 사람 모두 자진 퇴소하게 만들 거야.

어차피 이 중에 돈 될 만한 놈은 없어.

하아

하아

하아

가능성은 가능성일 뿐, 결국 시간 낭비야.

1년 뒤

180

뭐냐, 이 꼴은…?

이 꼴이라뇨? 8우주 귀족들이 다 모인다는데?

설마 그런 자리에 티셔츠 입고 가시려고요?

뭐 어때? 누가 날 알아본다고… 이거 불편하단 말야.

안 돼. 안 돼. 이 옷이 아니면 안 돼.

절레

……

준비 다 되셨습니까?

응.

가시죠.

슈슈

끄응…

잠시만. 아무래도 안 되겠어.

훅

굉장한 수완이야. 콩 딜러 관리자 놈들.

그러게. 콩들을 가지고 이런 대규모 잔치를 만들다니…

하긴… 생각해보면 이런 대회가 이제서야 열리는 게 이상할 정도지.

......

최대한 단정하게 부탁해.

움직이는 데 걸리적거리는 일 없도록.

예.

참, 헬맨 애들 나누는 얘기 들었어?

오늘 고산 공작도 여기 현장에 온대.

정말? 아니, 근데 그것들은 왜 우리랑 정보 공유를 안 하는 거야?

잘났지 뭐. 고산이 백경대원 뽑는 이벤트에 직접 참여 한다더라고.

굉장하네. 어떻게 설득했길래 그렇게까지…

우주 최고 갑부 놈, 금수저 끝판왕은 어떻게 생겼으려나?

나이도 어린 게 돈 많다고 그렇게 싸가지가 없다던데…

좌 좌 좌 좌

야, 인마! 살살해! 물 튀겨!

네, 죄송. 죄송…

182

그나저나 평의회 패트롤… 꼴이 이게 뭐야?

그러게. 어쩌다 뒤치다꺼리 하는 모양새냐고.

고산과 귀족 놈들이 내는 분담금의 힘이지.

별수 있어? 돈 주는 놈 말을 따를 밖에.

근데 정작 오늘 주인공은 따로 있다는 거.

웅? 그게 누군데?

엘! 우라노의 소패왕!

다 됐는데…

……

시원하네. 진작에… 앞으로는 이 스타일로 가.

이제 대회장으로 가죠.

그쪽은
VIP 전용석입니다.
이쪽으로…

웅? 아, 그래.
내 자리 대신
채우고 있지?

예, 무척 즐거워
하시더라고요.

쳇! 하여간
친구 잘 둔 덕에 8우주
제일 한량이라니까.
부럽다.

……

아,
뭐 해?

어디…
어떻게 생겨
먹었나?

고산이란 놈…

역시…
기분 나쁘게
생겼네.

지 애비
똘기를 그대로 이어
받았다더니…

그 양반
연인 때문에 행성을
날려버렸다던데…

에이, 비유적인
의미겠지. 아무리
돈 많은 미친놈이라도
정도는 있는 거야.

그나저나
저놈 곁엔 아첨꾼들
뿐인가 보군.

그러게.
떨어진 자신의
입지 회복엔 전혀
관심이 없는 것
같아.

185

엘!

엘!

엘!

엘!

뭐야, 이거… 밸런스가 너무 깨져.

내가 등장할 때는 노골적으로 야유까지 하더니…

뭐래? 의도대로 흘러가잖아.

그나마 그 정도 야유면 감사해야지.

아, 엘의 인기가 하늘을 찌른다고!

그 엘이 당신인데 뭐가 문제냐고?

내가 엘인지 누가 알아?

주둥이 무거운 8우주 야심가 몇 놈들 빼고는…

갑자기 뭔데? 너 지금 뭘 원하는데? 이게 원래 우리 계획 이었잖아!

아, 몰라! 막상 반응들을 직접 보니까… 너무 빈정 상해!

이봐요, 고산이자 엘 님!

내가 채무자들한테 얼마나 관대한데… 고산이라는 브랜드가 이렇게까지 밀리는 건…

역시 참을 수가 없는 거야, 난!

그럼 어쩌시게?

당분간 모든 악역을 엘에게 맡기자. 두 브랜드가 적당한 균형을 이룰 때까지.

장난해? 그게 그렇게 단순한 문제가 아니잖아!

......

후아아아…

역시 관리자는 아무나 하는 게 아니라니까.

어떻게 홍보했길래

첫 대회에 이런 인원을 동원할 수 있는 거지?

실례합니다. 좀 지납시다.

아, 통로를 막고 서 있으면 어떡해?

다들…

한 가닥씩 하게 생겼구먼.

선발에 선발을 거쳐 올라온 최정예들이니…

당초 예상보다 훨씬 더 많은 참가 인원이야.

이 양반들은 한 팀인가 본데 많기도 하네.

우린 달랑 둘이구먼.

달랑 둘이 뭐 어때서? 왜? 1등이라도 하시게?

아, 또 누가 압니까? 제가 혹시…

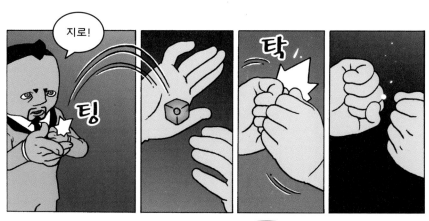

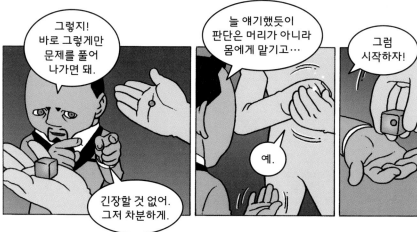

3개월 뒤

슈슉

어서 오십시오,
가우스 님.

툭

누브레 님의
은혜에 매번 감사
드립니다.

저희가 준비한
식사라도 하시고…

마음만 받을게.
산타는 바빠.
당신들 말고도
이 혜택을…

츠
ㅈ
ㅈ
ㅈ

!

뭐야…

슥

팔 물건을 직접 쓴
친구들이 있네.

어이, 내가
분명히 경고했을
텐데…

아, 그렇지 않아도
말씀드리려고…

기억하고 기억하고
또 기억할 것!

누브레 님이
그런 가격에 물건을
내주시는 건

여러분들에게
갱생의 기회를 주려는
거야. 지하 상권까지
비집고 들어온

철면피 귀족들
틈새에서 이렇게라도
버티라고.

귀족들에게 팔라고 대주는 물건에 손대는 건

누브레 님의 온정에 찬물을 끼얹는 최악의 배신이라고.

누브레 님과의 약속은 늘 명심하고 있습니다.

물건은 팔되, 물건에 오염되지 말 것.

약에 손댄 데에는 다소 사연이…

사연? 핑계가 아니고?

최근 들어 저희 거주지로 피난민들이 몰려 들었습니다.

피난민?

코헤이 남작의 빚 독촉 압박 때문 인데요.

그 행태가 갑자기 상식을 넘기 시작했답니다.

죽거나 다치면서 쾽 경비대의 추적을 피해 이곳으로 넘어왔더군요.

평소 안전한 거래 관계를 유지했던 저희를 믿고…

남작의 쾽들이 저희 블랭크들과 충돌 하는 걸 꺼리니까

상대적으로 안전하다고 판단한 모양이에요.

그들에게 당장 필요한 건, 먹고 자고 치료하는 구호.

저희는 적극적으로 그들을 도왔습니다.

이러한 분위기 형성에는 벼랑 끝까지 몰렸던 저희를

조건 없이 물심양면으로 도와주신 누브레 님의 영향이 컸어요.

남작의 쿵들에게 당한 부상으로 고통을 겪는 이들에게

의료진과 장비를 모아 오기 전까지 당장 필요했던 건 진통제…

그래서 주신 약을 희석해서 썼습니다.

바로 증세가 호전되거나 환자들의 상태가 편안해졌지요.

와중에 간호 인원이 턱없이 부족하다 보니

피로가 누적된 인원들 중 몇몇이 그만…

……

약을 쓴 핑계가… 적당히 구차하네.

난민이 발생할 정도의 상황인데도

평의회 패트롤의 개입이 없었어?

남작에게 채무 환수를 압박한 귀족 때문에

시간이 한참 걸릴 거라더군요.

그게 누군데 평의회가 함부로 못 건든다는 거야?

우라노의 소패왕, 엘 백작이랍니다.

......

코헤이 남작 당신까지…?

나한테 돈을 빌리겠다고?

태도가 정말 많이 바뀌었네.

최근 우리 귀족님들께 대체 무슨 일이 일어나고 있는 거야?

엘 백작의 갑작스러운 정책 변화 때문입니다.

빚 독촉이 상식적인 수준을 넘었어요.

강제 집행으로 벌써 제 사업장의 3분의 1을 빼앗아 갔습니다.

이대로 가다간 거리로 내몰리게 생겼어요.

고산… 이 자식이 엘이라는 브랜드를 내세운 이유가 겨우 이거였나?

고산가의 모든 악덕을 엘에게 뒤집어씌우려고?

저런… 8우주 전면에 나서면서 백작이 탐욕을 드러낸 모양이군.

알겠소. 백작보다 싼 이자로 빌려드리지.

거기에 더하여… 경호 인력도 잠시 지원 받을 수 있을까요?

저희 힘만으로는 당장 사업장 강탈을 물리적으로 막을 수가 없어서요.

......

이 자식 이제 보니 그냥 얼간이네.

날 보고 당신을 위해서 엘 백작과 전쟁을 하라고?

그럼 당신은 나한테 뭘 해줄 수 있는데?

아, 전 단지…

이렇게 합시다. 전쟁의 위험을 감수 하는 대가로

해당 사업장 지분의 일부를 내게 주시오. 대신 당신 유통망에

새로운 아이템을 얹어서 이전보다 많은 이익이 나게 도와줄 테니…

……

아니면 말고!

그… 그럼 서약을 하나 해주십시오.

서약?

끝까지…

저와 현재의 제 자산을 지켜주십시오.

……

좋아, 당신이 날 먼저 배신하지 않는다면

그 약속은 반드시 지키도록 하지.

경호 인력 지원은 바로 시작하지.

자네, 지금부터 남작님을 모시도록 해.

필요한 서류는 정리해서 보낼 테니

사업 중에 어려운 일 생기면 뭐든지 얘기하고… 또 봅시다.

자넨 복귀 명령이 있을 때까지 새 주인 잘 모시고.

슈슈슉

푸흐흐흐…

하긴… 이 8우주가 저런 나약하고 멍청한 금수저들로 가득한 게 정말 다행이지.

슈슈슉

!

속

……

남작님? 기다리고 있었습니다.

사업장 압수 통지하려고요. 여기다 사인해주시면…

주인님은 이제 거기 말고도 사인하실 데 많아.

아마 너희 것까지 살피실 마음의 여유는 없을 거야.

너…

우리가 누군지나 알고 하는 소리냐?

그래, 마음의 여유는 몸의 교훈으로 만들어 드리도록 하지.

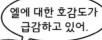
푸흐흐흐…

엘에 대한 호감도가
급감하고 있어.

30년 걸려 쌓은 신뢰가
불과 3개월 만에 바닥을
치는군.

그래, 이래야
어느 정도 밸런스가
맞지.

뭐?

그게 무슨 소리야?
엘의 붉은늑대가 패왕의
경호원이랑 충돌?

!

코헤이 남작?
그 자식이 왜?

뭔데? 무슨
일이야?

예, 패왕님.

역시 지하 시술로
업그레이드한 보람이
있군.

붉은늑대들을
한순간에… 훌륭해.

더 이상
놈들이 남작의
사업장에 얼씬
못하도록…

옛썰!

지원이 필요하면
언제든 요청하고.

엘의 붉은늑대를
준백경대급으로 재구성
했다던데…

우리 팀 강화 시술…
준비가 적절했군.

이참에 엘에게 압박당하는 귀족 놈들을

전부 손아귀에 넣는 거다.

엘가를 접수한 비밀을 지키려면 이런 일에 고산이 끼어들 수는 없지. 기회다.

이제 눈 뜨고 코 베이는 꼴을 당하게 될 거야, 크흐흐…

흐응…

하여간 그놈의 과잉충성 때문에 뭔 말을 못하겠어.

빚 좀 갚으랬더니 피난민까지 만들어? 난 그런 전개 정말 혐오한다고.

네 기침에 태풍 겪을 사람들 생각 좀 해!

그 남작 놈은 어떻게 패왕한테까지 간 거야?

……

보자, 붉은늑대들이 바로 잡혔다?

패왕 그 허접이가 화력에 신경 좀 쓰는 모양이네.

최근 몇 년간 새 아이템으로 돈 좀 만진다더니…

기분 나빠. 압도적인 화력 차이를 느끼게 해주지.

우리 쪽에서 직접 나설 수는 없으니까

백경대 몇에게 붉은늑대 복장을 입혀 충돌이 난 영업장으로 당장 보내.

두 번 다시 패왕이 얼씬 못 하게…

……

슈슈

!

아, 백경대 자존심이 있지… 이 빨간 내복은 뭐야?

공작님이 시키신 일에만 집중해.

거기, 혼자야?

붉은늑대들을 치웠다는 게 너냐?

씨익

……

미소가 인상적이네.

근데 치과 치료가 많이 급해 보인다.

너희는 목숨이.

하아아…

뭐야, 그냥 바로 저렇게 죽여버려도 되는 거야?

패왕의 방식… 괜찮은 걸까? 이거 왠지…

……

이것들…

아무래도 신경 쓰여.

아까 두 놈들과는 전혀 다른 냄새…

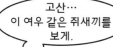

이질적인 공간의 냄새가 배어 있어.

!

뭐? 백경대?

고산… 이 여우 같은 쥐새끼를 보게.

붉은늑대로 변장한 백경대로 내 코를 납작하게 만들 심산이었겠다?

이것들… 어떻게 처리해야 할까요?

……

어땠어? 백경대 놈들은? 할 만하던가?

아, 그게…

다짜고짜 먼저 친 거라 뭐라 설명 드리긴 힘듭니다만

목을 가르는 순간, 놈들의 배리어를 찢고 들어갔던 건 확실합니다.

그 얘기… 무척 반갑게 들리는군. 알았어. 지금 당장 복귀해.

예?

남작에겐 다른 친구를 보낼 테니까.

백경대라는 공포… 그 빈틈이 보이는 순간 이다.

하지만 아직은 그 틈을 내가 봤다는 걸 고산이 알면 안돼.

무엇보다 백경대를 싹 쓸어버릴 명분도 없이

경거망동했다간 평의회가 날 가만두지 않겠지.

백경대는 놈의 자존심이다. 그걸 건드렸으니

자기 화력의 우위를 확인하려고 놈들을 다시 보낼 거야.

희생양이 필요해. 내 경호대를 희생시킬 순 없어.

이 역할을 나 대신 맡아줄 친구…

붉은늑대들의 원래 주인, 진짜 엘이 적당해.

내가 자신의 정체를 모른다고 생각할 테니

이 제안을 거절하기는 어려울 거다.

……

그러니까요. 패왕님으로선 엘 백작과의 비즈니스 가능성을 열어둬야 하니까

노골적으로 반대편에 나설 수가 없잖아요.

그러니 지금의 소란이 누그러질 때까지 누브레 님 경호원 중 하나에게

남작의 경호를 대신 부탁한다는 패왕님의 메시지입니다.

아, 그럼… 언제부터…?

지금 당장. 누브레 님의 충성에 많은 기대를 하고 계십니다. 그럼…

팅

OFF

……

이거야 원…

이런 제안엔 서둘러 동조하시는 게…

누굴 보낸단 말이야?

뭐…

제가 다녀올게요.

……

겨우
패왕의 졸개에게
백경대가 당했다고?
나의 백경대가?

아마도…
방심했던 것
같습니다.

……

그래,
쿵 싸움이란…
변수가 있는
거니까.

그래, 그럴 수 있지.
그럴 수 있어.

남작 놈에게
다시 보내.

가서 시신들
회수하고 이번엔
방심없이

진지하게
일 처리하고 오라고
전해!

본인들이
나 고산의 백경대
멤버라는 걸 명심
하라고!

의외네.

……

누브레 씨
수하가 행성 간 이동이
가능한 하이퍼라니…

이걸로 갈아입고
남작에게 출발하게.

하얀
쫄쫄이?

뭐야, 이런
유치원 학예회 수준
꼬락서니라니…

202

이봐, 입이 좀 거칠군.

부하들한테 왜 이런 옷을 입혀? 패왕 변태.

그런 거 속으로만 얘기하라고! 입장 난처해!

입히는 놈이나 입는 놈이나… 이러니 평생 마이너지.

이건 또 뭐야? 이 옷 입고 창피할 테니 얼굴은 가리라고?

지금 나랑 싸우자는 거냐?

아, 임무 교대? 그래, 근데…

내게 아무런 통보도 없이 일방적으로 막 그래도 되는 건가…?

꼬우면 당신이 패왕 해. 여기… 붉은늑대들과 충돌이 있었다던데 어디야?

……

이봐, 남작님께 예의를 갖춰!

……

절단면 각도를 보니… 동시에 갑작스러운 선방에 당했군.

패왕의 수하들 뒤통수에 가속기를 달았다더니…

츠 츠 츠

!

뭐야, 백경대…?

......

......

슈
슈
슈
슈

......

그랬구먼.
알겠어.

저 두 놈한테
당한 거야?

이봐, 모크족!
뭘 알겠는데?

고산과 패왕의
생각.

뭐?

특히…

우리에게
남작의 경호를 대신 맡기며
이런 쫄쫄이를 입힌 패왕의
의도를 분명히 알겠어.

그런데 이걸 어쩐다?
너희만큼이나 내 정체도
숨기고 있던 터라…

눈치 없이…

이런…
추론에 빠져서
미처 어르신의 기분을
헤아리지 못했군.

……

팅

어르신!

패왕이 어르신께
남작의 경호를 요구한 이유를
알게 됐습니다.

응?

아, 괜찮아.
경호를 위해 임무 중에
다치거나 죽는 일은
있을 수 있어.

너무 신경 쓰지 말게.
그런 일로 자네에게 손해
배상을 청구하진 않아.

아니 저, 그게
아니라…

패왕님 경호원에게
붉은늑대 넷이 모두
당했습니다.

뭐?

예, 제가 지금
염려하는 건 이런
대응이 엘가를 극도로
자극해 자칫 전쟁으로
번지지 않을까
해서요.

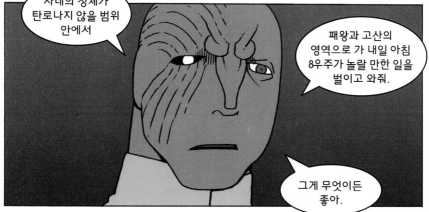

이거…

상황이 상당히 꼬일 것 같은데…

대체 누브레 수하 놈의 정체가 뭐야?

백경대를 칠 정도라면…

누브레에게 남작의 경호를 맡긴 의도쯤은 쉽게 알아 냈을 터…

대놓고 희생양을 삼으려 했으니

이 결과를 누브레에게 해결 하라고 떠맡길 수도 없어.

잠깐…

그래, 고산도 나만큼이나 당황할 것이야.

한꺼번에 백경대원 넷이나 당했다면

이건 자존심을 넘어선 백경대 화력에 대한 문제…

충동적으로 행동하진 못할 거야. 바로 가짜 엘에게 특사를 보내

이 상황을 정리하려는 태도를 취하는 게 좋겠어.

당장은 고산도 못 이기는 척 충돌을 피하려고 할 테지.

누브레의 수하의 정체가 무엇이든 내가 동원할 수 있는 화력이니까.

필요 이상 마음 쓸 것 없어.

긴장은 고산의 몫이다.

틱

예, 패왕님!

자네 지금 당장 엘가로 가서…

208

뭐?

백경대원 네 명의 바이탈 사인이 모두 끊겼다고?

예, 한꺼번에.

다니엘, 당장 가서 실시간 현장 보고해.

슈슈

옛썰!

이거 놀랍군.

패왕이 어떤 화력을 가졌길래 우리가 당한 거야?

지하 시술에 적극적이었다는 얘기는 들었는데…

설마 그게 이런 결과를…?

팅

공작님!

현장 기억을 토대로 말씀드리자면…

츠즈즈

백경대원 넷이 패왕의 수하 하나에게 당한 게 사실입니다.

뭐? 이런 제기랄!

패왕의 직속은 아니고…

츠즈즈

지부장들 중 하나의 경호원인 듯합니다.

롯…

그 쥐새끼가 아직도 살아 있단 말이지?

헤글러나 다니엘… 둘 중 하나가 치웠던 거 아니었어?

몰라, 두 놈은 감봉 조치야.

그래… 롯, 그놈의 화력 이라면…

젠장할! 화력의 정체를 알고 나니 더 짜증 나네!

패왕 쪽에 빌붙어 날 엿 먹이겠다고? 감히?

팅

엘가로부터의 전언입니다.

패왕 쪽에서 특사를 보내겠답니다.

붉은늑대들과의 예상치 못한 충돌에

사과와 양해의 뜻을 전하겠다고…

그래, 한숨 돌리지.

알았어. 엘 백작께서 일단 수용 하신다고 전해.

봤지? 패왕 놈이 작정하고 덤벼든 건 아닌 게 분명해.

마음에 여유를 가지고 차분하게…

여유라니? 8우주 최강의 백경대 화력에 의구심이 드는 비상사태야.

최강의 입지가 다시 회복될 때까지는 마음 못 놓겠어.

아, 백경대 신입들… 수습 기간 끝날 때 되지 않았나?

응, 어제를 마지막으로 3개월간의 커리큘럼 모두 소화했어.

단 한 명의
낙오 없이··· 확실히
요즘 친구들이
훨씬 강해.

계약금 잔금까지
받아서 다들 기합이
잔뜩 들어가 있어.

좋아, 가장 비싼
신입 두 사람에게

선배 하나를
붙여서 롯의 머리를
가져오라고 해.

두 번 다시
이런 불쾌한 일이
없도록

내가 직접 놈의 머릴
땅에 묻어야겠어.

큰 봉투에···

예, 손님.

쩝
쩝
쩝
쩝

치
이
이

치
이
이

오, 예!

설레네요. 무슨 일인지 여쭤봐도 될까요?

너희 선배들이 놓친 거머리 사냥.

두 사람 모두 공격수 역할만 맡으면 돼.

……

아, 왜 쟤들만 데려가는데? 첫 테이프는 내 거야. 내가 더 빨라.

공을 세울 기회는 앞으로도 충분해요. 때가 올지니.

매니저, 수습 기간 끝났는데 아주 잠시라도 집에 좀 다녀오면 안 돼?

가족들과 이 기쁨을…

심정은 이해합니다만 지금 움직이면 근무지 이탈이에요.

계약 해지 사유로 계약금 바로 반환하셔야 하니 조금만 더 참아요.

근무 배정 끝나는 대로 1주일 휴가니까.

아, 다들 긴장이 풀어져 가장 사고가 많은 때라 각별한 주의가…

그럼… 이런 건 어떻겠소?

패왕께서 남작의 부채를 우선 대신하여…

뭐?

!

그게 무슨 소리야?

아, 대화 중이잖아! 당장 나가!

빵봉투를 쓴 놈이 지금 어디에서 내 이름으로 뭘 하고 있다고?

당장 현장 연결해!

아! 아! 다시 한번 전한다!

오늘 이 두 개의 메시지는 지금 여기 모인 당신들에게 전하는 게 아니야.

여러분들은 단지 듣기만 하면 돼.

일종의 증인 역할… 이랄까?

읍…읍!

나중에 내가 딴소리 못 하게 이 메시지를 널리 퍼뜨려주면 무척 고맙겠어.

뭐야…?

나는 이 8우주의 기둥 중 하나인

고산 공작이다.

지금부터 8우주 귀족들에게 전한다.

오늘 이 시각 이후, 당신들이 내게 진 빚의 이자는 받지 않겠다.

분명히 말한다.
원금만을 갚으라.

그동안
선친의 뜻을 무시하고
탐욕스러웠던 나를
반성한다.

만일 내가
방금 한 이 약속을
번복한다면

너희는
위대한 내 아버지의
초상에 침을 뱉고
모욕을 해도 좋다.

지… 지금 뭐라는 거야,
이 미친놈이!

이것이
나의 첫 번째 메시지.
그리고 다음은…

8우주의 대표
무뢰배인 패왕에게
전한다.

너는 내 의도를
간파하고도

내 자존심인
백경대를 건드렸다.

이것은
나에 대한 도전이며
나아가 8우주 질서에
대한 도발!

8우주민과
귀족들을 대표해

너를 철저히
응징하겠다!

이 두 가지는
8우주민들에게 천명하는
나의 확고한 의지…

이 모든 것은
위대한 나의 아버지의
이름으로!

뭐야! 감히 내 아버지까지 들먹이며…

이놈 대체 누구야?

성문 분석 중이야. 별다른 조작 없이 봉투만 뒤집어쓴 것 같은데…

우선 블랙리스트에서 대조를…

……

90%가 일치하네.

롯!

이 개자식이…!

백경대 신입 에이스들이 나섰으니 곧 잡힐 거야.

근데… 8우주 행성 전체에 동시접속 하려면

평의회 외부 라인 통제실을 써야 해.

이건 평의회 경호팀과 여간한 소란을 피우지 않고서는…

아무리 롯이라고 해도 쉽지 않았을 텐데…

평의회 공무원 놈들 일하는 태도를 보면 헛점 투성이야.

그런 주제에 틈만 나면 불평만 하니 더 열받는다고!

당장 평의회 담당에게 연락해서 정정하고 경위를 밝혀!

팅

호랑이도 제 말 하면 온다더니…

보안국장, 이거 어떻게 된 일입니까?

이… 이거 정말 죄송합니다. 많이 난처하시지요? 저희도…

고산가에서 진위 여부 답변은?

아직 공식 입장은… 없습니다.

고산의 진짜 선전포고라면

평의회 간섭을 배제한다는 조건이 있어야 싸움이 가능할 테니

그런 조건이라면 우리에게 불리할 건 없어.

늘 평의회라는 걸림돌 때문에 제대로 움직일 수 없었던 거니까.

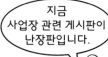

지금 사업장 관련 게시판이 난장판입니다.

심지어 누가 이길지 내기 도박까지…

그동안 내가 화력에 들인 노력이 나도 궁금해.

며칠 전 일로 꽤 자신감을 얻었달까…

그나저나 만약 고산이 아니라면

날 엿 먹이려는 이놈… 대체 누구야?

크크크크…

웃는 모습을 보니 어째 좀 불안하다. 내 출입증.

아, 고마워요. 잘 썼어.

아직도 사용이 가능했다니 평의회 애들 나사가 풀렸네.

웃차차…

아, 간만에 개운하네.

……

롯이다…

늘 기대 이상을 해내는 친구… 그래서

지금 몹시 난감해.

워워…

이거 조회수가 삽시간에… 무시무시하군.

8우주민들이 우리에게 이렇게나 관심이 많았나…?

그 와중에 귀족 연합… 이것들 보게.

고산 공작의 이번 조치를 환영하고 거기에 감사한다는 성명을 발표했어.

이 깜찍한 것들이 우리 입장 번복을 어렵게 하겠다 이거야?

푸ㅎㅎㅎ…
쐐기라도 박겠다는
건가?

지금 웃음이
나와? 밍기적거리니까
같잖은 짓거리들을…
당장 보안국장
놈에게…

평의회
보안국장이야.

그 권한이
우리에게 얼마나
쓸모가 많은지
잘 알잖아.

그의 입장을
충분히 고려해줄
가치는 있어.

퍽이나.

……

ㅋㅎㅎㅎ…
조회수에 댓글
수 좀 봐. 게다가
칭찬 일색…

이 정도까지
퍼졌으니 번복했다간
8우주민들로부터
완전히 외면당해.

고산 놈…
어쩌지도 못하고
속이 뒤집어질
거야.

제 아버지
이름에 똥칠하지
않으려면 머리 한참
굴려야 할 거다.

어디…
고산가 사업장 가치가
얼마나 떨어지는지
확인해볼까?

이자 수익의
배분을 기다리는
주주들 분노가…

팅

……

이거…
뜻밖의 변수로군.

221

뭐가?

우리 가문 회사들의 주가가 그야말로 폭등하고 있어.

뭐야, 이거?

왜 고산이 더 부자가 되고 있는 건데?

오른 주식의 가치가…

이자 손실을 훌쩍 뛰어넘어 버리는걸.

……

이 분위기가 얼마나 지속될진 모르겠지만 이 해프닝을 이용하지 않는 편이 더 손해야.

뭐? 그럼 그 미친놈 말대로 하자고?

사실 이자 손실은 다른 꼼수로 채무자들에게서 충분히 메꿀 수 있어.

그런데 문제는 이 상황을 받아들이게 되면

아버지의 이름을 건 패왕 응징 약속도 지켜져야 돼.

말도 안 돼… 나 고산이 그깟 쿵 놈의 말장난대로…?

쩍

됐어.
눈물을 보니 마지막
단계가 확실해.

다른 녀석들이
말한 눈물이라는 게
이거였나? 왜지?

여러 가지
추측이 있어.

신성의 문 앞에 선
인성의 증거라는 개소리
부터

절대 심연 앞의
순수한 공포라느니…
정확히는 몰라.

어때? 지금
기분은?

에너지 드링크의
끝판왕을 주사한 것
같아.

뭐든지…
다 부술 수 있겠어.

그래, 사물 큉도
부술지 몰라. 효과는
12시간 정도야.

강화 시술에
오버클로킹은
큉 개인 능력의
극한치를 끌어
내니까

내가 아는 한 너희
모두 이 상태로 싸운다면
패왕님의 경호대는

그야말로
8우주 최강이다!

225

그거 듣던 중 반가운 소리네.

자네… 백경대 잡았다며?

말한 대로 직접 상대해보니 고산가 놈들

오버클로킹도 필요 없어. 충분히 할 만해. 별거 아니더라고.

크흐흐… 별거 아닌 건 아니지.

강화 시술의 압박을 견뎌낸 당신들이 정말 대단한 거야.

하지만 놈들이 우리처럼 강화 시술을 받는다면…?

글쎄… 당분간 그런 일은 일어나지 않아.

고산가의 기술진들이 이 시술을 개발했다면 모를까…

이건 지하 클리닉에서 시작됐거든.

우릴 무시하는 그들의 엘리트 의식이 눈과 귀를 가린달까?

이번 8우주 전투 큉 대회 결과를 보라고.

백경대 선발에서 강화 시술을 했던 친구들은 모두 떨어졌어.

난 이번 고산의 도발이 내심 기대가 돼.

지하 엔지니어들의 실력을 폄하한 대가를

톡톡히 치르게 될 테니까 말이야. 큭큭큭…

참, 고산가에서 답변은 왔대?

전혀. 정말 고산 본인이었던 것 같아.

그렇지 않고서야 이 소란을 두고만 보겠어? 바로 수습했겠지.

역시… 고산가의 수족인 평의회의 동의 없이 그런 동시 접속은 불가능 했을 테니까.

그럼…

지금으로선 설사 고산이 아니었다고 해도 번복하기 어려운 분위기야.

곧 패왕님의 소집령이 있을 거래.

간만에 8우주의 빅이슈로군.

고산이 먼저 전쟁 선포를 했으니 평의회 간섭은 피하겠어.

원껏 질러! 당신들이 이겨! 충분히!

끄하압…

염병…

나한테도 없는 주식 때문에 밤잠을 설쳤네.

응?

외근 가서 먹게 도시락 두 개만 줘.

아니, 거기선 일 시키면서 밥도 안 준대?

남의 집 밥 먹어봐야... 무엇보다 건방지다고

내 음식에다 뭘 집어넣을지 몰라. 다녀올게.

......

근데... 9시 넘었는데 이 집 왜 이리 조용해?

업무 시작 안 해? 남작님은 잠꾸러기... 같은 거냐?

텅

이런, 아침을 방해했나?

......

선배한테 말하는 싸가지 보소.

저 친구... 아침은 먹고 갔나?

저승길은 빈속으로 가볍게 가는 게 좋지.

본인 제삿밥은 죽은 뒤 먹어야 하는 것처럼.

228

그래…

아침부터 급하게 보자는 이유가…?

롯의 장난이 예상 밖으로 전개돼서요.

만일의 경우를 대비하셔야겠습니다.

아시다시피 고산가 주식들이 폭등해버려서…

백경대로 패왕을 정말 칠 수도 있겠다는 생각이 듭니다.

그동안 패왕의 눈치를 살피던 지하자금들이

이번에 고산과 만나게 된다면

8우주 시장 질서가 고산에게 압도적으로 유리하게 개편될 텐데요.

고산이 이걸 마다할 이유가 없습니다.

패왕 이후 우리의 입지…

이제 당초 계획은 무의미하게 됐어요.

패왕 자리를 놓고 조직 간 우위 다툼이 시작되기 직전이 기회입니다.

단숨에 주변을 장악해 바로 패권을 잡는 것이죠.

블랭크 일부 조직들과 연계된 막강 화력에

유통 상품까지 있으니 충분히 가능한데 문제는…

229

팍스중공업

툭
툭

……

강화 소켓
레벨 수치…
더 올려봐.

예? 그… 그럼
오버클로킹인데…

그러니까.

티

파
밧

스응

텁

!

위험해!
소켓 당장 꺼!

털
썩

덕

후우우우…

굉장해.
사물 큉 격벽을
관통하다니…

이 정도일 줄은…

지하
시술자들이 패왕의
강화 큉들에게

이 오버클로킹
기능을 기본 옵션으로
줬다는 얘기가
있어요.

맙소사…
최근 패왕의 최정예
수하들 대부분은

그놈들이
오버클로킹까지 하면
아무리 백경대라도
밀릴 거야.

백경대 지원했다가
서류 심사에서만
탈락한 놈들이야.

당장 이 내용을
정리해서 공작님께
올리자.

뭐야, 이건?

사물 쿵 감옥…
같은 거야.

……

당신 붙잡는 데는
내 기술이 적격이지.

뚫리지 않는
풍선이랄까?

그건 개한테나
해당하는 미담이고.

밥 먹을 때는
개도 안 건드려.
몰라?

주인을 배신한,
개보다 못한 거야
뭐…

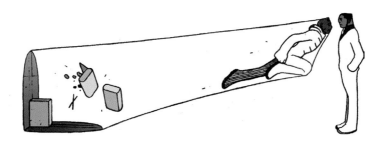

힘 좋네.

장력이
만만치 않지?

떡

크흐윽…

네 잘난
콤비네이션 기술도
무의미해.

막의 표면이
잔재주의 충격을 모두
흡수해버리거든.

크으훗!
제기랄…!

빠져나올 수
없어.

이젠 그
풍선이 네 우주의
전부라고.

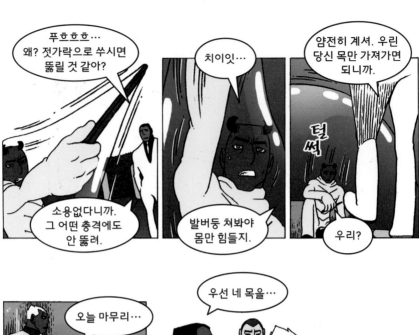

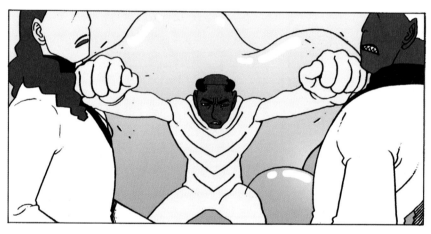

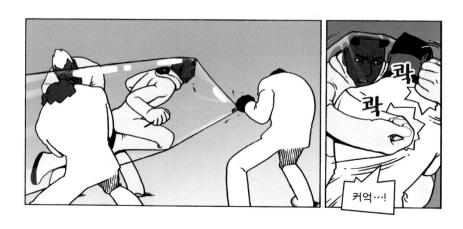

고산 쪽은…?

여전히 답변도 입장 발표도 없습니다.

……

그래…

날 치겠다는 메시지를 번복할 기회를

난 분명히 충분하게 줬어.

선전포고로 일어날 모든 일의 책임은 고산의 몫.

난 놈의 도발을 어떻게 받아쳐줘야 할까?

평의회와 8우주민들에게 나 패왕의 교훈을 남기려면…

……

이봐, 앞으로 거취를 제7벙커로 옮겨야겠어.

예?

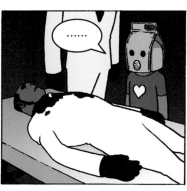

……

수트가… 붉게 물들었군.

기억나. 이 친구…

누멘 코팅 연구에
직간접적으로 많은
도움을 줬었지.

정말 안타까운
죽음이야.

평의회 의원들에게
눈과 귀를 막으라고
전해.

패왕을…
치겠다고?

8우주민들에게
싸움 구경할 기회를
선물하려고.

미디어들을
총동원해 패왕과의
충돌을 실시간으로
중계할 거야.

두 번 다시
그 누구도 날 상대로
이런 장난 못 치게.

8우주민들에게
백경대에 대한 공포를
심겠어.

롯, 이 개자식…!

백경대 집합!

12권 마침.

# DENMA 12

ⓒ 양영순, 2019

초판 1쇄 발행일  2019년 7월 26일
초판 2쇄 발행일  2023년 12월 29일

지은이   양영순
채색     홍승희
펴낸이   정은영

펴낸곳   ㈜자음과모음
출판등록  2001년 11월 28일 제2001-000259호
주소     10881 경기도 파주시 회동길 325-20
전화     편집부 (02)324-2347, 경영지원부 (02)325-6047
팩스     편집부 (02)324-2348, 경영지원부 (02)2648-1311
E-mail   neofiction@jamobook.com

ISBN 979-11-5740-328-8 (04810)
     979-11-5740-100-0 (set)

이 책에 실린 내용은 2016년 5월 26일부터 2016년 11월 20일까지 네이버웹툰을 통해 연재됐습니다.